Hans Melzer-Gunesch
Der Rückkehrer

AF220536

Hans Melzer-Gunesch

Der Rückkehrer

Roman

Bibliografische Information der Deutschen
Nationalbibliothek:
Die Deutsche Nationalbibliothek verzeichnet diese
Publikation in der Deutschen Nationalbibliografie;
detaillierte bibliografische Daten sind im Internet über
http://dnb.dnb.de abrufbar.

© 2020 Hans Melzer-Gunesch
Herstellung und Verlag: BoD – Books on Demand,
Norderstedt

ISBN: 978-3-7526-4101-1

Hansitante und Hansonkel zu Ehren!

Er geriet langsam außer Atem bei dem Tempo, das er eingeschlagen hatte. Der Krieg war seit ein paar Tagen vorbei. Er hatte sich zivile Kleidung „besorgt". Das war nicht leicht gewesen, denn Geld hatten sie nicht mehr viel, als sie sich auf den Weg nach Hause machten. Die Wehrmacht hatte sie bis dahin mit allem Nötigen ganz ordentlich versorgt und das letzte wenige Geld hatte er für Proviant ausgegeben. Für Kleidung hatte es nicht gereicht. Es wurde empfohlen, auch die Waffen abzugeben, um als zivile Person durchzugehen. Natürlich, eine Ausweiskontrolle würde ihn sofort als ehemaligen Wehrmachtsangehörigen entlarven, aber wenn er auf keiner Fahndungsliste stand, würde man ihn weitergehen lassen.

Die Zeiten waren trotzdem gefährlich. Ehemals besetzte Gebiete waren plötzlich „Feindesland in Friedenszeiten". Niemand scherte sich um das Kriegsende. Er hatte gehört, dass ehemalige deutsche Soldaten wie Wild gejagt wurden von aus dem Krieg zurückkehrenden tschechischen Soldaten oder ehemaligen Partisanen. Von den Einheimischen konnte man auch keine Hilfe erwarten. Es bestand nicht unbedingt Lebensgefahr von ihrer Seite, aber die Feindseligkeit war offenkundig.

Dennoch, Johann war zuversichtlich. Er war der Einzige seiner Einheit, der zurück nach Siebenbürgen wollte. Das bedeutete einerseits, sich alleine durchschlagen zu müssen. Andererseits waren seine Wege nicht so im Brennpunkt der Kontrollen und Gefährdungen. Er war hauptsächlich zu Fuß unterwegs. Es war nicht angeraten, auf tschechischem Gebiet mit dem Zug zu fahren. Die Züge wurden gezielt von den Partisanen kontrolliert und die deutschen Soldaten mitgenommen. Was mit ihnen geschah, war Gegenstand von Gerüchten. Aber auch ein

Gerücht hat einen Kern Wahrheit und deshalb wollte Johann nichts riskieren. Güterzüge kamen auch nicht in Frage. Sie wurden ebenfalls, sogar zwischen den Bahnhöfen, angehalten. Diese Hatz auf deutsche Soldaten schien die Hauptbeschäftigung der ehemaligen Feinde in den ersten Tagen nach dem Kriegsende zu sein.

Er war zuletzt in Brünn stationiert gewesen. Als er zu Beginn des Krieges in seiner Heimat einberufen wurde, kam er nach einer schier endlosen Zugfahrt nach Passau. Als einfacher Soldat, ohne vorher je einen Wehrdienst abgeleistet zu haben, trotz seiner 20 Jahre. All jene, denen es ebenso ging, wurden täglich zwei Stunden auf dem Kasernenhof am Rande der Stadt an der Waffe ausgebildet und danach körperlich durch harte Übungen ertüchtigt. Nach drei Monaten galt die Grundausbildung als abgeleistet und sie wurden ihren Einheiten zugeteilt.

Johann kam an die russische Front. Hier erlebte er zum ersten Mal, wie zerfetzte Körper um ihn herumflogen und schwer verletzte Kameraden nach ihrer Mutter schrien. Er selbst, das wusste Johann, hatte in all den Kämpfen einen Schutzengel gehabt. Anders konnte er sich die Tatsache, dass er den brutalen Feldzug überlebt hatte, nicht erklären.

Mit der zurückweichenden Front landete er in Brünn. Hier war es zunächst ruhiger, da sich die Hauptfront weiter nördlich befand. Abgesehen von sporadischen Partisanenbeschüssen wurde er nicht mehr viel ins Kriegsgeschehen eingebunden. Lediglich ein paar Wochen vor der Kapitulation gerieten sie stärker unter Beschuss.

Der Weg zur slowakischen Grenze war beschwerlich. Es galt knapp 130 Kilometer zu überwinden. Er war bei guter Gesundheit und hatte sich ausgerechnet, bei bis zu 20 Kilometern am Tag sechs bis sieben Tage zu brauchen. Er wusste in etwa, dass er auch recht bergige Gegenden durchqueren musste. Sie hatten in Brünn mit Erlaubnis der Offiziere alles aus den Büros mitgenommen, was sie brauchen konnten. Johann hatte gute Landkarten gefunden, in denen auch ehemalige Stellungen der Deutschen eingetragen waren. Er wusste, diese müsste er meiden, denn sie standen bestimmt unter der Beobachtung der Partisanen.

Heute, am dritten Tag seiner Wanderung, spürte er zum ersten Mal seine Füße. Er vermied es, darüber nachzudenken. An und für sich hatte er anständige Schuhe. Knöchelhoch, wetterfest und relativ geschmeidig im Leder. Er hatte seine Armeestiefel noch in Brünn gegen diese Schuhe eingetauscht. Ein Glücksfall! Die Stiefel der Deutschen waren wegen ihrer guten Qualität gefragt. Aber er war froh, diese Schuhe bekommen zu haben. Deshalb unterdrückte er den Gedanken an die Schmerzen. Am Abend würde er sich um die Blasen kümmern.

Tagsüber war es recht warm, aber Johann zog es lieber vor zu schwitzen, als den ganzen Tag regennass zu laufen. So konnte er in den lauwarmen Nächten gut unter freiem Himmel schlafen. Sein Proviant ging langsam zu Ende, obwohl er sehr sparsam damit umgegangen war. In seinen Leinensack, den er über der Schulter trug wie ein Handwerker auf der Walz, hatte er einen Laib Brot, vier kleine Konserven gepökeltes Fleisch und zwei Feldflaschen Wasser eingepackt. Mehr hatte er nicht auftreiben können. Er hoffte, gegen Abend an einem Dorf vorbeizukommen. Irgendwie musste er Proviant besorgen. Wie, das wusste er noch nicht. Bis auf seine Zivilkleidung, ein einigermaßen passendes kurzärmliges Hemd und eine etwas zu kurze Hose, die schon ein paar Zentimeter über dem Knöchel endete, hatte er noch nie in seinem Leben vorher etwas gestohlen. Oder besser gesagt, geplündert. Mehrere aus seiner Einheit waren in ein kleines Bekleidungsgeschäft eingefallen und hatten alles mitgenommen, was ihnen passte. Leider hatte Johann nicht mehr als die zwei Teile gefunden. Deshalb hatte er die Unterwäsche seiner Uniform behalten. Er musste das Risiko in Kauf nehmen. Das langärmlige baumwollene Unterhemd und die lange Unterhose würden ihm an kühleren Tagen guttun.

Es hatte seiner Erziehung und seinem Ehrgefühl völlig entgegengestanden. Aber nur _vor_ der Tat. Danach war er froh, es getan zu haben, und zum ersten Mal verstand er den tieferen Sinn des Spruches: _Der Zweck heiligt die Mittel._ Und so hatte er jetzt keine Bedenken, als er aus der Not heraus plante, etwas zum Essen zu stehlen.

Im Krieg hatte er unsägliches Leid gesehen. Es war ein Angriffsfeldzug in Russland und Johann und seine Kameraden hatten keine Wahl, als zu schießen. Er dachte nicht darüber nach, ob er jemanden traf oder nicht. Er wollte nicht bewusst jemanden töten. Er wollte, dass die andere Seite mit dem Schießen aufhörte. Angst bestimmte ihre Handlungen. Man konnte sie nur überwinden, indem man sich den Befehlen unterordnete und schoss, was das Zeug hielt. Und da war es Johann klar, dass seine Kugeln unweigerlich auch jemanden trafen.

Einmal kamen sie in ein Dorf nach tagelangen heftigen Kämpfen. Auf den Gassen, in den Höfen und in den zerstörten Häusern lagen unzählige Leichen. Bäuerinnen, Kinder. Bei den wenigen Männern handelte es sich um die paar bewaffneten Bauern, die offenbar auf Befehl der russischen Militäreinheit, die sich dann aber vorzeitig zurückgezogen hatte, bis zuletzt Widerstand geleistet hatten.

Bis hierher war es ihm gelungen, Ortschaften zu umlaufen. Heute aber musste er eine regelrecht suchen. Laut seiner Karte vermutete er ein Dorf oder zumindest ein paar Gehöfte hinter dem nächsten Hügel. Wo es ging, benutzte er natürlich ländliche Wege, die in diesen trockenen Tagen ein gutes Vorankommen zuließen. Als er aber am Vormittag die größere Ortschaft Nedakonice umlief, musste er beschwerlich über Stock und Stein laufen.

Johann ging davon aus, dass der Weg, auf dem er lief, zum Dorf führte. In den drei Tagen hatte er einmal ein Automobil von weitem gehört und sich in den Büschen am Wegesrand versteckt. Vor den Fuhrwägen der Bauern hatte er keine Angst. Er winkte freundlich im Vorbeigehen und tat so, als hätte er es nicht gehört, wenn er angesprochen wurde.

Noch bevor er den Hügel erklommen hatte, hörte er die typischen Geräusche des Dorflebens. Hunde bellten, Hähne krähten und Menschenstimmen waren stoßweise zu hören, je nachdem wie der leichte Wind wehte. Oben angekommen, wich er sofort einen halben Schritt zurück. Das Dorf war näher, als er gedacht hatte, die ersten Höfe höchstens 500 Meter entfernt. Er fürchtete, entdeckt zu werden, und duckte sich so tief, dass er gerade noch die Lage erspähen konnte. Das Dorf lag in einer Senke, von allen Seiten umgeben von Hügeln. Die Gärten vieler Höfe erstreckten sich ein Stück an den Hügeln hoch. Am Fuße der Gärten befanden sich die Scheunen und die Ställe, in denen vielleicht Schweine und die Tiere, die man über den Krieg hatte retten können, gehalten wurden. Johann merkte sich zwei, drei Höfe, die am Hang des linken Hügels lagen, der seiner Position am nächsten war. Günstig war auch, dass sich oberhalb der Gärten ein kleines Waldstück befand, in dem er sich bis in die späten Abendstunden verstecken konnte. Dann würde er sehen, ob ihm das ersehnte Glück, etwas Essbares zu finden, hold war.

„Vstávej!" – schrie jemand und Johann schreckte auf. Er verstand etwas tschechisch, aber dieses Wort war ihm unbekannt. Der Ton aber zielte unmissverständlich darauf ab, ihn zu wecken. Als er die Augen öffnete, sah er zwei Männer, die ihr Gewehr auf ihn gerichtet hatten. Im Hintergrund unverkennbar wohl der Bauer, in dessen Scheune er es sich gemütlich gemacht hatte.

Eigentlich hatte er wieder zurück in den Wald gewollt, nachdem er sich, was er brauchte, „besorgt" hatte. Aber draußen hatte es nach aufkommendem Regen ausgesehen und Johann hatte es als gute Fügung betrachtet, die Möglichkeit zu haben, im Trockenen zu schlafen. Außerdem erinnerte ihn das Heu, auf das er sich niedergelassen hatte, an zu Hause. An ihren Hof und an das Heu, das sie für ihre Pferde in der Scheune aufbewahrten. An die glückliche Kindheit, als sie im Spätsommer, nachdem sie den strengen Vater erfolgreich anbettelten, im Heu schlafen durften.

„Aufstehen!" – wiederholte einer der zwei Männer auf Deutsch und fuchtelte mit seiner Waffe vor seinem Gesicht herum. Indem er mit der Waffe wiederholt eine kurze Bewegung nach oben machte, signalisierte er ihm unmissverständlich, dass er aufstehen müsse. Johann erhob sich und griff nebenbei zu seinem Beutel, in den er das Huhn, dem er den Hals umgedreht hatte, und den Brotlaib verstaut hatte. Neben einem nicht sehr gut genährten Schwein gab es keine weiteren Tiere. Die Hunde hatten laut gebellt, waren aber angekettet und so konnte sich Johann mitten in der Nacht in die Speisekammer wagen. Er hatte nicht viel genommen, weil es nicht viel zu nehmen gab, außer noch ein paar Paradeiser und Gurken.

Daraufhin hatte er sich bereit gemacht zu flüchten, falls der Bauer nach der Ursache des Gebells schauen sollte. Als in geraumer Zeit nichts geschah und die ersten Regentropfen fielen, beschloss er, in der Scheune zu schlafen. Er war sich sicher, vor Sonnenaufgang aufzuwachen. Er war das von zu Hause aus gewohnt. Mit dem Vater vor Sonnenaufgang in den Wald aufzubrechen und die Bäume zu fällen, die sie nach Schäßburg ins Sägewerk verkaufen wollten. Aber die Müdigkeit der tagelangen Wanderung hatte ihn wohl übermannt. Nun hatte er den Schlamassel!

Er spürte einen Schlag auf den Arm, der Beutel fiel zu Boden und die Männer stießen ihn unsanft mit der Waffe aus der Scheune hinaus. Draußen regnete es leicht und es war deutlich kühler als die Tage zuvor.

„Was habt ihr vor?" – rief Johann eher überrascht als ängstlich. Es ging alles so schnell, dass noch keine Zeit da war, um Angst zu empfinden.

„Drž hubu!" – schrie ihn der andere an und das verstand er. Die von den Deutschen rekrutierten tschechischen Hilfspolizisten hatten die gefangengenommenen Partisanen oft genug so angeschrien: „Halt's Maul!"

Er wurde Richtung Wald gestoßen, während hinter ihm die zwei Männer unaufhörlich aufgeregt redeten. Johann hatte den Eindruck, dass es recht kontrovers zuging, aber er verstand sie nicht. Langsam kam die Angst in ihm auf, für die er bis dahin noch keine Zeit gehabt hatte. *Was hatten die vor mit ihm? Worüber stritten sie? Waren sie sich wohl nicht einig darüber, ob sie ihn töten sollten? Weshalb dann nicht gleich im Dorf?*

„Na klar!" – erkannte er. Es war illegal, ihn zu töten. Gegen die Genfer Konvention. Aber die Männer machten nicht den Eindruck, als gehörten sie zum regulären tschechischen Militär. Johann tippte eher auf ehemalige Partisanen. „So ein Mist!" – dachte er sich. „Ausgerechnet denen in die Hände zu fallen!"

Sie durchquerten das Wäldchen und gingen auf der anderen Seite des Hügels den Hang hinunter.

„Stopp!" – schallte es von hinten. „Stehen bleiben!" Er drehte sich um und sah die zwei Männer zum ersten Mal bewusst an. Sie waren beide älter als er selbst, aber nicht viel, vielleicht um die dreißig. Sie waren unrasiert, die Haarstoppeln hatten sich aber noch nicht zu einem Bart geformt. Die Gesichter waren rau und Johann erkannte, dass sie es im Krieg wohl nicht leicht gehabt hatten. Was er aber noch erkannte, ließ ihn zum ersten Mal erschauern. Auf dem Rücken trug der etwas Kräftigere eine … Schaufel! Zuerst dachte Johann, es sei eine weitere Waffe, denn er erkannte nicht gleich das einfache Seil, an dem sie hing.

Der Tscheche nahm die Schaufel vom Rücken und warf sie Johann vor die Füße. „Kopat!" – schnauzte er Johann an und machte mit seinen Händen die typische Schaufelbewegung. „Ne!" – rief Johann auf Tschechisch und machte dabei eine deutlich verneinende Handbewegung. Daraufhin richtete der Mann die Waffe auf Johanns Kopf und wiederholte auf Deutsch: „Graben!" Johann spürte, wie ihm schwindlig wurde, aber er riss sich zusammen. Er wusste, wenn er nicht gleich anfing zu graben, würde man ihn erschießen. Der andere stand ein paar Schritte weiter, der Schaft seiner Waffe am Boden neben seinem rechten

14

Bein, die Waffe am Lauf haltend. Er schien in dem Augenblick nicht gerade erpicht darauf, Johann zu erschießen. Er sah seinen Kameraden an, als ob er nicht genau wusste, ob der wirklich schießen würde. Johann registrierte das und ohne darüber nachzudenken, gab ihm das Hoffnung auf Aufschub. Aufschub vom Erschossenwerden, Aufschub vom Sterben. In solchen Augenblicken möchte man sein Leben um jede mögliche Sekunde verlängern, um jede Sekunde, in der sich ein Ausweg auftun könnte. Und so begann er zu graben. Zum Glück war es sehr mühsam. Der Boden war hart und ohne Spaten dauerte es seine Zeit, bis Johann in die Erde eindrang. Sein Peiniger hatte ihm die Umrisse des auszuhebenden Grabens angedeutet und Johann war sich nun sicher: Er sollte sein eigenes Grab schaufeln.

Johann hatte jegliches Zeitgefühl verloren. Er wusste nicht, wie lange er schon grub, aber er musste eine Pause einlegen, denn es war anstrengend. Der Mann aber schrie ihn auf Tschechisch an und deutete an, er solle weitergraben.

Langsam bekam Johann einen einigermaßen klaren Kopf. Langsam wurde ihm bewusst, dass er sich nicht einfach so diesem Schicksal ergeben würde. Er machte sich einen einfachen Plan. Das Einzige, was in dieser Situation wohl möglich war. Denn der Zeitpunkt nahte. Der Zeitpunkt, an dem man ihn töten würde. Das Grab war fast fertig. Er nahm seinen ganzen Mut zusammen und seine ganze Verstellkunst:

„Hey!" – rief er. „Ist das gut so?" – und deutete auf die Grube. Unmerklich näherte er sich dabei ihrem Rand. Sie war ein Meter tief und so überragte er mit seinem Oberkörper den Rand. Er hielt dabei den Kopf gebeugt, so als wolle er dem Feind nicht in die Augen schauen und als habe er sich seinem Schicksal ergeben. Als er die Präsenz des Tschechen spürte, holte er mit der Schaufel aus und während er dabei hochschaute, traf er den Mann, der sich leicht hinuntergebeugt hatte, mit voller Wucht am Kopf. Der fiel grotesker Weise ins Grab, wobei die Waffe oben am Rand liegenblieb. In Sekundenschnelle stieg Johann aus der Grube und näherte sich dem verdutzten zweiten Tschechen, der wohl ursprünglich sogar mit dem Rücken zum Geschehen saß. Wumm! – traf er ihn ebenfalls voll am Kopf. Aus den Augenwinkeln erkannte er noch, wie ihm Blut aus den Ohren rann, während er umkippte. Johanns Körper war überflutet mit Adrenalin. Er dachte nicht viel nach, aber genug, um zu entscheiden, die beiden nicht zu erschießen.

Später wusste er es nicht mehr genau, ob aus der Hemmung heraus, wehrlose Menschen zu töten, oder aus Angst, man könne im Dorf die Schüsse hören. Er hatte ja keinen Überblick über die Situation und wusste nicht, wer sich im Dorf alles aufhielt. Aber er war wütend. Wütend wegen der ganzen Situation, wegen dem, was er durchmachte, nur weil er gegen seinen Willen in den Krieg ziehen musste! Weil es ihm die Umstände so unsäglich schwer machten, nach Hause zu kommen! Er griff sich eine Waffe und lief entschlossen durchs Wäldchen zurück zum Dorf. Es gab keine Alternative. Er wollte seinen Beutel mit Proviant zurückhaben. Er hatte ein Recht darauf! Er wollte nur nach Hause und auf dem Weg nicht verhungern!

Vorsichtig schlich er sich durch den Garten in Richtung Hof. Plötzlich erblickte er den Bauern! Gebückt arbeitete der gerade am zu einer Seite offenen Schweinestall. Johann lief los und mit erhöhtem Tempo erreichte er den Bauern. Der hatte ihn gehört und sah zu ihm auf. Johann hielt ihm mit rechts die Waffe vors Gesicht. Die linke Hand hielt er vor seinen Mund und deutete damit an, der Bauer solle schweigen. Dann zeigte er ihm mit der typischen Haltung, mit der man den Leinenbeutel um die Schulter trug, was er wollte. Mit der Waffe wies er zum Haus und stieß ihn in die Richtung. Der Bauer ging aber zur Speise, die sich zwischen Scheune und Haus befand. Drinnen lag der Beutel am Boden. Die Unterwäsche und die Landkarten waren noch drin, sonst aber nichts mehr. Johann sah sich um und entdeckte seine zwei Feldflaschen auf einem Regal. Daneben zwei Metallkanister voller Wasser. Er wies den Bauern per Zeichen an, seine Feldflaschen mit Wasser zu füllen. In der Zwischenzeit entdeckte er auch wieder seine letzte Dose Pökelfleisch, die er sich selbst holte. Daraufhin zeigte er auf das Huhn, das er letzte Nacht eingesteckt hatte, und den Laib Brot. Der Bauer packte die zwei Sachen in den Beutel und fiel auf die Knie. „Nestřílejte prosím!" – flehte er Johann an. Johann verstand ihn und gab auf Deutsch zurück: „Ich erschieße dich nicht." Er war immer noch wütend. Er drehte die Waffe um und hieb dem Bauer mit dem Schaft auf den Schädel. Er musste es tun. Sonst würde der Bauer Alarm schlagen und das halbe Dorf würde hinter ihm her sein. Er wollte ihn nicht töten, nur ohnmächtig schlagen. Aber man wusste ja nie … Es war keine Rache. Reiner Selbsterhaltungstrieb. Johann stand immer noch unter dem Schock, fast erschossen worden zu sein. Er wollte überleben. So wie er auch im Krieg alles getan hatte, um zu überleben.

Ohne sich weiter umzudrehen, ging er hinaus und lief den Garten hoch in Richtung Wäldchen. Er hoffte, dass die zwei Partisanen nicht aufgewacht waren. Wobei auch die Möglichkeit bestand, dass sie durch die Wucht der

Schläge tot waren. Johann konnte es nicht einschätzen. Nur wie im Traum erinnerte er sich an das Geschehen. Alles, woran er sich noch erinnerte, war die Todesangst und der unbändige Wille zu leben.

Im Wäldchen lief er erst ein Stück gen Osten, um das Dorf zu umgehen, und dann schlug er die südöstliche Richtung ein auf dem Weg zur Slowakei. Er hoffte, dass die zwei Tschechen, wenn sie aufwachten, der Meinung waren, er würde gen Westen gehen in Richtung Deutschland. Die Waffe hatte er vorsichtshalber noch bei sich, aber er würde sie bald, wenn er sich in Sicherheit wähnte, wegwerfen. Es war zu gefährlich, mit ihr erwischt zu werden.

***

„Köszönöm szépen Istvan!" Johann streckte seine noch rußschwarze Hand aus und drückte die seines Gegenübers. Mehr als „Dankeschön" konnte er nicht bieten. Aber es kam von Herzen. So ein Glück hätte er sich vorher nicht mehr erträumt. Nach der strapaziösen Wanderung ins slowakische Gebiet hatte er sich wieder unter die Menschen gewagt. Er hatte schon in Brünn gehört, dass die Slowaken den Deutschen nicht nachstellten. Deshalb hatte er die Route über die Slowakei gewählt, die im Übrigen auch die kürzeste nach Hause nach Siebenbürgen war. Er musste danach nur noch Ungarn durchqueren und dann würde er wieder sein Heimatland betreten. Die letzten 300 Kilometer würde er auch noch irgendwie zurücklegen. Darüber hatte er sich noch keine Gedanken gemacht. Die Idee, Lokomotivführer von Güterzügen anzusprechen, erwies sich als Volltreffer. Er wusste aus der Zeit seiner Stationierung in Brünn, dass es vielen

Zügen an Heizern fehlte, die den Dampfkessel befeuerten. So mussten die Lokführer diese anstrengende Tätigkeit oft selbst verrichten und übersahen dabei nicht selten unterwegs Signale. Es gab deshalb schon Unfälle und sogar Entgleisungen.

In Trenčín, gleich nach der Grenze, begab er sich sofort zum Bahnhof und fragte bei den zwei Güterzügen nach, die dort gerade hielten, wer in Richtung Ungarn fuhr. „Magyarország" sagte er auf Ungarisch in der Hoffnung, dass ihn der Slowake auf dem Führerstand des ersten Güterzugs verstand. Die ungarische Bezeichnung für „Ungarn" war in den Nachbarländern bekannt. In Siebenbürgen sowieso. Dort lebte auch eine zahlenmäßig große ungarische Minderheit, die sich in der österreichungarischen Zeit angesiedelt hatte. Es war nicht ungewöhnlich, dass Siebenbürger Sachsen einigermaßen ungarisch sprachen und umgekehrt.

Wie erstaunt war Johann, als er hörte: „Ön magyar?" – „Bist du Ungar?"

„Nem, de tudok egy kicsit magyarul." – "Nein, aber ich kann ein wenig Ungarisch."

In diesen Zeiten freute man sich, wenn man Landsleute traf. Der Krieg hatte gleichgesinnte Menschen in ihrem Leid zusammengeschweißt. Istvan war Ungar und als Lokführer bereits im Krieg sehr gefragt gewesen. Jetzt, kurze Zeit nach dessen Ende, fuhr er für die slowakische Eisenbahn. Der Grund waren die Russen. Sie kontrollierten die Verwaltung in Ungarn und Istvan befand sich gerade in der Slowakei, als er von Übergriffen der russischen Soldaten hörte. So beschloss er, vorerst nicht zurückzukehren. Er kam aus der Gegend von Györ.

„Du willst also über Ungarn nach Siebenbürgen?" – fragte Istvan und beobachtete Johann mit einem prüfenden Blick.

„Ja", antwortete Johann. „Ich will endlich nach Hause."

„Hast du noch nicht von dem Treiben der Russen gehört?"

„Nein, was für ein Treiben?"

„Sie verschleppen alle Deutschen – auch die Siebenbürger Sachsen – nach Russland. Sibirien, sagt man. Zum Wiederaufbau."

Johann sah ihn verblüfft an. Das musste er erst einmal verdauen.

„Bist du dir da sicher?" – fragte er in der Hoffnung, dass die Information doch nicht stimmte.

„Du kannst hier jeden fragen. Jeder weiß es. Es gibt etliche Siebenbürger, die aus diesem Grund zurück nach Westen gehen."

Johann fühlte sich wie erschlagen. Die ganzen Strapazen! Das ganze Leid! Fast wäre er in der Tschechei während seiner Rückkehr erschossen worden! Das alles hatte er nur überstanden, weil er sich auf zu Hause gefreut hatte! Und jetzt erschien ihm die Heimat so fern. Ferner als sie es ohnehin schon war.

„Was soll ich nur in diesem fremden Land hier machen? Vielleicht sollte ich es doch nach Hause riskieren?" Unsicher blickte er aus dem Führerstand des Lokführers in die Ferne …

„Da musst du dich entscheiden. Und zwar bald. Denn ich könnte dich hier auf meiner Lok gut gebrauchen."

„Fährst du denn in Richtung Ungarn?" – fragte Johann erstaunt.

„Nein, ich fahre nach Österreich, nach Wien. Hab 15 Waggons Holz geladen und zehn Kohle. In einer Stunde geht es los."

„Was soll ich in Wien?" – fragte Johann unentschlossen. Es klang auch Verzweiflung durch. Innerhalb kürzester Zeit musste er entscheiden, wie sein Leben weitergehen sollte. Klar, er konnte einfach losgehen und sich in Trenčín nach etwas anderem umschauen. Aber er hatte nichts. Kein Geld, keine Sprachkenntnisse. Wie sollte er sich durchschlagen in diesem fremden Land? Er könnte sich ja vorerst in Ungarn aufhalten. Aber nach Istvans Aussage waren die Russen dort auch zugange.

„Dort, in Österreich, sprechen die Leute wenigstens deutsch", antwortete Istvan. „Ich werde auch dort bleiben, obwohl ich nicht gut Deutsch spreche." Er lächelte Johann an und hielt ihm 10 Reichsmark hin. „Du gehst jetzt in den Laden gegenüber dem Bahnhofseingang und kaufst Proviant für uns Zwei. Einverstanden?"

Johann nickte noch ganz verwirrt und stieg aus dem Führerstand aus.

„Und erzähl keinem von unseren Plänen, hörst du?!"

Auf der Fahrt erklärte ihm Istvan, dass er ihn nicht direkt bis Wien mitnehmen könne. Bereits vorher, mehrmals ab dem Schwechater Flughafen, würde man den Güterzug gründlich kontrollieren. Kritisch seien auch Bratislava, wo sie aber mit etwas Glück nicht einmal halten müssten, und die Grenze zu Österreich. Aber sie hatten ihn als Lokführer nie überprüft und so hoffe er, dass sie es mit dem Heizer auch nicht tun würden.

Glücklicherweise ging alles gut und kurz nach der Grenze hielt Istvan irgendwo zwischen Hainburg an der

Donau und Bad Deutsch-Altenburg seinen Güterzug an. Johann schwang seinen Leinenbeutel über die Schulter und stieg aus. Ohne das übliche Pfeifsignal fuhr der Zug los und Istvan winkte vom Führerstand aus zurück.

* Sieben Jahre später *

„Herr Maurer, kann ich Sie mal sprechen, bitte?" Johann blickte auf. Er hatte die zwei Männer kommen sehen und ahnte schon, weshalb sie da waren. Aber dass sie ausgerechnet ihn sprechen wollten, überraschte ihn dann doch. Es hatte einen Todesfall auf der Baustelle gegeben. Ein Mann war von einer eigentlich gesicherten Stelle über das bereits hüfthohe Mauerwerk im zweiten Stock hinabgestürzt und hatte sich das Genick gebrochen.

„Ich bin Kriminalkommissar Chefinspektor Baumgartner und das ist mein Kollege, Inspektor Koller."

„Womit kann ich dienen?" – fragte Johann und seine Überraschung ließ ihn zaghaft wirken. Zumindest auf Baumgartner, denn der fragte herausfordernd: „Weshalb so ängstlich, Herr Maurer? Haben Sie etwas zu verbergen?" Solch eine Fragetechnik war für den Kommissar schon längst Routine. Er setzte sie, ohne zu überlegen, aus reinem Bauchgefühl ein.

Johann richtete sich auf. Er ließ von dem Eisenende ab, das aus dem getrockneten Beton hervorragte, und warf beide Handschuhe auf den Boden. Diese Frage verunsicherte ihn nicht. Im Gegenteil, sie forderte geradezu seinen Widerspruch heraus. „Ich habe nichts zu verbergen, Herr Kommissar. Was möchten sie wissen?" – gab er jetzt selbstbewusst zurück.

„Haben Sie den Vorfall heute Morgen beobachtet?"

„Sie meinen den Unfall des Kollegen aus der Maurertruppe?" Johann fiel auf, dass der Kommissar „Vorfall" sagte und nannte es deshalb bewusst einen „Unfall". Aber nur aus Widerspruchsgeist. Denn der Kommissar war ihm unsympathisch. „Nein, ich konnte den Unfall nicht beobachten. Ich habe seit 7 Uhr hier gearbeitet und der Unfall hat sich auf der anderen Seite der Baustelle ereignet."

„Hat Sie jemand hier arbeiten sehen?" Dieses Mal kam die Frage des Kommissars ohne irgendeinen Hinterton.

Johann dachte sich natürlich sofort, weshalb er das gefragt wurde, aber er antwortete ebenfalls ruhig: „Ja, mein Capo. Wir haben den Tagesplan besprochen und dann ist er weitergegangen."

„Und Sie haben Ihren Platz nicht verlassen? Sind nicht unter ihresgleichen, den Maurern, gegangen?" Mit einem süffisanten Lächeln wandte sich Baumgartner halb zu seinem Kollegen und sah dann Johann mit einem Grinsen im Gesicht an.

„Nein. Weshalb sollte ich? Bin sehr zufrieden mit meiner Arbeit hier", gab Johann ungerührt zurück. Das Wortspiel mit seinem Namen hörte er nicht zum ersten Mal. Es störte ihn nicht. Ganz im Gegenteil. Es amüsierte ihn ebenfalls. Aber nur, wenn Freunde das taten. Diesem Witzbold gönnte er den Kalauer nicht. „Ich bin Eisenbieger und diese Arbeit ist nicht minder wert als die eines Maurers. Ohne meine Tätigkeit würde keine Betondecke halten."

„Aber die klassische Arbeit am Bau ist doch die eines Maurers. Hat Sie das nicht gereizt? Hat Ihr Name Sie nicht dazu angeregt?" Dieses Mal war keine Spur des manchmal arrogant wirkenden Wiener Schmähs zu spüren.

„Als ich mich am Bau bewarb, habe ich genommen, was angeboten wurde. Die Maurerstellen waren besetzt. Mein Name spielte und spielt keine Rolle. Ich bin sehr zufrieden. – Sie sind doch auch nicht Gärtner geworden und pflanzen Bäume, oder?"

Das saß. Baumgartner sah ihn amüsiert an, aber dieses Mal anders. Diesen Wortwitz hatte noch nie jemand über ihn gemacht.

„Da haben Sie Recht, Herr Maurer. Nichts für ungut. Ich möchte Sie bitten, sich bei mir im Polizeikommissariat Landstraße zu melden, falls Ihnen über diesen … Unfall noch etwas einfällt. Ich kann jede auch nur unwesentlich erscheinende Information gebrauchen." Er streckte die Hand aus und schüttelte Johanns Hand zum Abschied.

Etwas verblüfft über diese plötzliche Verbindlichkeit des Kommissars schaute Johann den zwei Männern noch eine Weile hinterher. Sie gingen zur anderen Seite der Baustelle, um wohl den „Vorfall" weiter zu untersuchen. Johann hatte sich schon seine eigenen Gedanken gemacht, seitdem ihm am Spätvormittag der Capo vom Geschehen berichtet hatte. Wieso war der Mann über ein hüfthohes Mäuerchen gestürzt? Maurer waren diese Arbeitsbedingungen gewohnt. Sie stürzten auch von weniger gesicherten Mauern nicht ab.

***

„Keine Gnade, keine Gnade", wiederholte er immer wieder in Gedanken. Der Hass zerfraß ihn, nagte unbarmherzig an ihm wie der Adler an Prometheus' Leber. Und wie in der Mythologie hörte es nicht auf. Jedes Mal, nachdem er seinen Hass befriedigte, begann das Nagen von Neuem. Und die Qual stellte sich erneut mit voller Wucht ein. Er wusste, er konnte sie nur lindern, indem er wieder tötete. Nicht wahllos. Erst wenn das Signal in seinem Inneren ausgelöst wurde.

Es waren bereits zwei Wochen vergangen, seitdem er dieses Signal empfangen hatte. Der Hass verwandelte sich langsam in gnadenlose Planung. Er hatte gelernt, auf den günstigsten Augenblick warten zu können. Er wusste, worauf es ankam, um nicht erwischt zu werden. Mehr noch, seine Morde gingen oft als Unfall durch oder wurden als ungelöst erst einmal ad acta gelegt. Das war Teil der Befriedigung, die er empfand. Das Wissen, dass man ihn als Täter nicht entlarven würde. Er betrachtete sich nicht als Mörder. Eher als Racheengel, der all den Menschen im Jenseits Erleichterung verschaffte für das, was sie im Krieg erlitten hatten. Selbst sieben Jahre nach Kriegsende war für ihn diese göttliche, gerechte Aufgabe noch nicht erledigt. Er war sich nicht sicher, ob Gott das billigte, was er tat. Es war ihm letztendlich egal. Der Hass trieb ihn an und in seinen Augen war es eine gerechte Aufgabe im Auftrag der verlorenen Seelen.

Vor zehn Tagen hatte er sich als Hilfsarbeiter auf der Baustelle verdingt. Er hatte sein Opfer schon seit ein paar Tagen im Visier und ausgemacht, dass die Baustelle ein geeigneter Tatort war. Tag für Tag beobachtete er sein Hassobjekt und heute würde er zuschlagen.

Seine Aufgabe als Hilfsarbeiter war, den aufgestauten Müll und die Restmaterialien, die herumlagen, aufzuräumen und in den Container am Rande der Baustelle abzuladen. Seine Arbeitszeit begann um 7 Uhr und so konnte er die Gewohnheiten seiner Zielperson genau studieren. Zwei Mal, und zwar immer montags, kamen dessen Maurerkollegen erst um 8 Uhr. Er wusste nicht genau weshalb, aber er vermied es nachzufragen. Sein zukünftiges Opfer bereitete ab sieben Uhr den Arbeitsplatz vor. Das war der richtige Zeitpunkt!

Er stieg zu ihm hoch in den zweiten Stock, wo am Vortag die Mauer gerade mal hüfthoch fertiggestellt worden war. Herr Schuster – der Name verfolgte ihn nun schon seit zwei Wochen – fing gerade an, das Mörtelgemisch in die Maschine zu schaufeln. Irgendwie musste er ihn ans Mäuerchen locken … So fing er an, mit einem Fuß gegen den getrockneten Mörtel zu schlagen, der aus den Ritzen des Mauerwerks hervorragte.

„Hey, was machst du da?!" Der Maurer ließ seine Schaufel fallen und ging auf das Mäuerchen zu, um den Schaden zu begutachten. Als er davorstand, stieß der Mörder mit der linken Hand gegen den Nacken des Unglücklichen und indem er ihn mit der rechten Hand am Hosenriemen hochhievte, fiel der Mann hilflos kopfüber in den Abgrund. Ein kurzer Blick hinunter und Herr Schuster lag gekrümmt und verbogen zwischen den frisch gelieferten Ziegelsteinen. Er war zweifellos tot.

Schnell lief der selbsternannte Rächer hinunter, schnappte sich die bereitgestellte Schubkarre voll mit Abfall und fuhr mit ihr zum Container. Dort entsorgte er wie immer mehr oder weniger auffällig seine Ladung. Die nächste Zeit räumte er, etwas ungewöhnlich zu dieser frühen Morgenstunde, alles um den Container Herumliegende auf, so als wollte er die Baustelle endlich richtig sauber halten. Er wollte nicht derjenige sein, der die Entdeckung des Toten melden musste. Und er wusste, dass der Eisenbieger, der ebenfalls seit 7 Uhr arbeitete, irgendwie bemerkt haben musste, dass er sich in dieser Zeit am Container aufgehalten hatte.

**

„Ich hätte gern' Herrn Baumgartner gesprochen", gab Johann am Eingangsschalter des Polizeikommissariats an.

„Worum geht es denn bitte?" – fragte der diensthabende Beamte in gleichgültigem Ton.

„Ich habe eine Information über einen Vorfall. Er bat mich, ihn aufzusuchen, wenn mir etwas einfällt."

„Gut, dann warten Sie bitte auf der Bank gegenüber." Der Beamte griff zum Telefonhörer und wählte eine Nummer. Von der Bank aus konnte Johann nur ahnen, dass er nach dem Chefinspektor fragte.

„Guten Tag, Herr Maurer, ist Ihnen noch etwas zu dem Vorfall auf der Baustelle eingefallen?"

„Ja, Herr Kommissar."

„Dann gehen wir mal in mein Büro. Dort können wir ungestört reden." Sein Büro war ein kleiner, aber gediegener Raum mit einem Fenster zur Juchgasse und wirkte dadurch trotz der Beengtheit recht gemütlich. Ein Schreibtisch mit einem Telefon drauf und ein paar auf dem gesamten Tisch verstreute Akten.

„Nun erzählen Sie mal", forderte ihn der Kommissar freundlich auf, nachdem er ihm mit einer einladenden Armbewegung einen Stuhl zuwies.

„Ich habe mir nach Ihrem Besuch gestern meine Gedanken gemacht. Ich glaube auch nicht mehr an einen Unfall. Die Maurer sind zu erfahren, um einfach hinunterzufallen. Er wurde bestimmt gestoßen."

„Nun, soweit waren wir auch schon. Das Problem ist, dass außer Ihnen und dem Capo bis 8 Uhr niemand auf der Baustelle war. Der Vorfall muss sich zwischen sieben und acht abgespielt haben. Die anderen drei Maurer kamen übereinstimmend zur selben Zeit um acht Uhr auf die Baustelle und entdeckten den Toten. Der Capo hat uns bestätigt, um 7 Uhr mit Ihnen gesprochen zu haben, wobei er danach in das naheliegende Restaurant „Zur alten Weinpresse" bis 8 Uhr frühstücken war. Das wurde uns von dem Lokal bestätigt."

„Ja, ich weiß, er geht am Montag immer hin, da außer mir und Herrn Schuster um sieben noch niemand auf der Baustelle ist", bestätigte Johann beflissen.

„Herr Schuster <u>war</u> ... nicht wahr?" – verbesserte ihn der Chefinspektor.

„Ja, natürlich", gab Johann zurück. Er wollte endlich das loswerden, weshalb er gekommen war, aber der Kommissar sah ihn so eigenartig unverwandt an, dass er fast automatisch fragte: „Was ist denn?"

„Aber Herr Maurer, tun Sie so unbedarft oder sind Sie es wirklich? Ist Ihnen nicht klar, dass Sie und der Capo im Augenblick zu den Verdächtigen gehören? Ich sage nicht, dass Sie es getan haben, aber ich muss doch alle Eventualitäten mit einbeziehen, oder?"

„Ich hab's nicht getan, Herr Kommissar!" – rief Johann aus. Weshalb hätte ich das tun sollen!"

„Um seine Stelle zu erhalten?" – gab Baumgartner zurück, allerdings ohne Überzeugung in der Stimme.

„Ich habe Eisenbieger gelernt und bin zufrieden damit! Ich sagte es Ihnen schon!" – entgegnete Johann jetzt regelrecht entrüstet.

„Sachte, sachte, Herr Maurer! Würde ich Sie konkret verdächtigen, würde ich Sie verhaften. Ich glaube Ihnen ja, dass Sie es nicht waren. Wir stehen vor einem Rätsel. Natürlich kann es auch ein Fremder gewesen sein. Wir sind noch am Anfang der Ermittlungen. Wenn wir ein Motiv haben, kommen wir vielleicht weiter. Außerdem: Was glauben Sie, weshalb ich Ihnen das alles erzähle? Doch weil ich Ihnen vertraue und auf Ihre Zusammenarbeit hoffe."

Johann sah ihn etwas ungläubig an, aber seine Worte beruhigten ihn etwas. Er wusste nicht, dass diese letzte Äußerung des Kommissars zu seinen Vernehmungstricks gehörte. Wiege den Verdächtigen in Sicherheit, ja, ziehe ihn mit ausgesuchten Informationen ins Vertrauen und vielleicht begeht er irgendwann einen Fehler!

„Es war aber noch jemand auf der Baustelle!" Johann kam endlich dazu, das kundzutun, weshalb er gekommen war.

„Wirklich, wer denn?" – fragte der Kommissar erstaunt.

„Ja der Hilfsarbeiter Moritz! Gestern habe ich überhaupt nicht mehr daran gedacht. Aber als ich ihn heute Morgen vermisst habe, fiel es mir wieder ein."

„Was fiel Ihnen ein?" – fragte Baumgartner offenbar sehr interessiert.

„Dass er gestern Morgen auch schon um sieben da war und sich wie immer an seinem Container zu schaffen gemacht hat. Er ist noch nicht lange dabei, aber wir waren froh, als wir ihn bekamen, denn vorher mussten wir die Aufräumarbeiten immer selbst verrichten."

„Und das ist Ihnen erst heute eingefallen"? – fragte der Kommissar und sah Johann genau an.

„Ja, wie ich es gerade sagte. Er ist noch nicht lange dabei und ich habe einfach nicht mehr an ihn gedacht. Wenn ich genau darüber nachdenke, habe ich ihn schon gestern nach unserem Gespräch den Rest des Tages nicht mehr gesehen."

„Doch, er war schon noch da", erwiderte Baumgartner zu Johanns Überraschung. „Wir haben ihn sogar zweimal befragt. Er gab tatsächlich an, sich die ganze Zeit am Container beschäftigt zu haben, bis er vom Absturz des Maurers hörte. Er gab auch an, Sie gesehen zu haben, konnte aber nicht bestätigen, dass Sie immer an ihrem Arbeitsplatz waren. Er habe einfach nicht darauf geachtet. Er beschuldigte Sie nicht. So wie er auch nicht wusste, wo sich der Capo aufgehalten hat. Er war heute nicht bei der Arbeit, sagen Sie?"

„Hm", fuhr er fort, ohne auf Johanns Erwiderung zu warten. „Das ist in der Tat merkwürdig. Wir werden der Sache nachgehen. Vielen Dank, Herr Maurer! Wir melden uns gegebenenfalls bei Ihnen. Sie wohnen in der Löwengasse, oder?"

„Ja, Herr Kommissar", gab Johann immer noch verdutzt zurück.

„Vielen Dank für Ihr Herkommen! Weiß ich zu schätzen."

„Auf Wiedersehen, Herr Kommissar." Johann torkelte regelrecht aus dessen Büro. Er fühlte sich wie ein Ball, der hin- und hergeworfen wurde. Und dennoch, etwas gefiel ihm an der Art des Kommissars. Oder besser gesagt an dessen Beruf. Eine gewisse Faszination ergriff ihn. Wer war nun der Mörder? Er beschloss, mit dem Kommissar in Verbindung zu bleiben.

***

„Schatzi, schau her, im *Kurier* steht, dass ein Maurer gestern auf einer Baustelle in den Tod gestürzt ist! In der Steingasse. Ist das nicht deine Baustelle?"

„Ja, ich hab's mitbekommen. Habe es aber nicht selbst gesehen. Die Polizei war da und hat die Baustelle gesperrt. Deshalb bin ich heute auch nicht hin."

„Schau her, die schreiben, es war ein Deutscher, der nach dem Krieg hiergeblieben ist, wie viele andere. Hoffentlich ist es nicht der Freund, nach dem du schon so lange suchst!"

„Nein, sonst hätte ich's dir schon gesagt."

„Ich frage mich, wie willst du den Freund finden, wenn du seinen Namen nicht kennst? Nur sein Gesicht. Wie viele hast du schon besucht? Und woher weißt du, ob er in Wien wohnt?"

„Weiß ich nicht. Wenn ich mit Wien durch bin, gehe ich woanders hin."

„Ja, und mich lässt du hier schön sitzen!"

„Du kannst ja mitkommen."

„Wie denn? Ich habe eine gute Stelle beim Meldeamt. Wer weiß, ob ich wieder so eine finde? Du verdienst ja wirklich nicht viel. Weshalb arbeitest du nicht in deinem

Beruf als Tischler und gehst stattdessen als Hilfsarbeiter auf ne Baustelle? Als Hilfskoch und Hilfsportier hast du auch schon gearbeitet. Immer nur Hilfs-, Hilfs- und wieder Hilfs-!"

„Halt's Maul! Mir gefällt es so und fertig!"

„Die letzten Toten, von denen in der Zeitung stand, waren alles Deutsche. Findest du das nicht merkwürdig?"

„Was weiß ich! Kümmert mich nicht."

„Aber du bist ja auf der Suche nach einem Deutschen. Was ist, wenn einer von denen dein gesuchter Freund war?"

„Es ist nicht mein Freund! Nur ein Bekannter."

„Wie auch immer. Du hättest dir die Toten anschauen sollen, um sicher zu gehen."

„Wie sollte ich das machen? Muss ja auch noch arbeiten zwischendurch."

„War einer der Toten neulich nicht in dem Hotel beschäftigt, in dem du auch gearbeitet hast?"

„Ja, war er. Na und? Ich hab' dir doch schon gesagt, dass der auch nicht mein Bekannter war."

„So ein Zufall, dass da, wo du arbeitest, ein Deutscher verunglückt. Und weißt du, was ich noch für einen merkwürdigen Zufall halte?"

„Was denn?"

„Dass einige der Namen von Deutschen, die ich dir mit ihren Adressen und Arbeitsplätzen aus dem Melderegister mitgebracht habe, mittlerweile im Meldeamt gestrichen wurden."

„Na und? Vielleicht sind sie weggezogen."

„Nein, dann würde das da stehen. Wenn nichts da steht, dann heißt das, sie sind tot."

Kaum hatte sie das ausgesprochen, spürte sie einen kräftigen Druck auf ihrer Kehle. Erst als sie mit ihren beiden Händen hinlangte, wurde ihr klar, dass es sich um kräftige Finger handelte, die sich um ihren Hals geklammert hatten. Mit heftigen Abwehrbewegungen versuchte sie sich freizukämpfen, aber ihre Kraft schwand schnell. Statt eines Schreis stieß sie noch einen gurgelnden Laut aus und sackte anschließend leblos zusammen.

Milos ließ ihren schlaffen Körper fallen und fluchte leise vor sich hin. Nun hatte er ein Problem am Hals. Wie würde er sich ihrer Leiche entledigen?

***

„Guten Abend, Herr Maurer." Es hatte laut an der Türe geklopft und Johann hatte sich gewundert. Sonst besuchte ihn kaum jemand, schon gar nicht überraschender Weise. An diesem Samstagabend war er erst von der Arbeit nach Hause gekommen und wollte sich gerade waschen. Er öffnete die Türe einen Spalt und erkannte den Chefinspektor.

„Guten Abend, Herr Baumgartner. Was verschafft mir die Ehre?" Johann hatte seit der letzten Begegnung das Gefühl, dass er mit dem Kommissar schon recht vertraut war und sich so eine saloppe Bemerkung erlauben konnte.

„Entschuldigen Sie bitte, dass ich Sie zu Hause störe!" – sagte der Kommissar und trat ein, ohne auf eine Einladung dazu zu warten. „Aber ich wollte nicht wieder zur Baustelle gehen, denn – ich verrate es Ihnen gerne – ich will nicht, dass man weiß, mit wem wir alles sprechen."

„Weshalb denn, Herr Kommissar?" – fragte Johann überrascht.

„Wir tappen immer noch im Dunkeln. Allerdings verdichten sich die Zeichen – wir nennen das Indizien – dass Moritz etwas damit zu tun hat. Er ist seitdem nicht mehr zur Arbeit erschienen."

„Ja, das stimmt", erwiderte Johann.

„Ich habe nur eine kurze Frage an Sie. Kennen Sie seinen Nachnamen?"

„Nein, nie gehört. Im Grunde habe ich ihn auch nie von Nahem gesehen. Würde er auf der Straße ordentliche Kleidung tragen, würde ich ihn gar nicht erkennen. Habe keine Vorstellung von seinem Gesicht. Habe mir auch nie die Mühe gemacht, ihn näher anzuschauen. Kennt der Capo denn seinen Nachnamen nicht?"

„Nein, er hat ihn per Handschlag eingestellt und wollte in den nächsten Tagen die Büroarbeit machen. Hat ihn wöchentlich bar auf die Hand bezahlt. Er schuldet ihm noch diese Woche beziehungsweise die drei Tage, die er gearbeitet hat. Seitdem ist er aber nicht mehr erschienen."

Johann überlegte kurz und sagte: „Ja, dann könnte es doch sein, dass Moritz den Schuster hinuntergestoßen hat, oder?"

„Wir können das noch nicht mit Sicherheit sagen. Wir kennen sein Motiv nicht, falls er es war. Dummerweise können wir auch nur eine sehr vage Fahndung ausgeben: ‚Moritz, ca. eins-achtzig groß, dunkle Haare, kräftig.' Ich hatte gehofft, Sie wissen etwas."

„Kann Ihnen leider nicht weiterhelfen, Herr Kommissar."

„Gut, dann gehe ich mal. Entschuldigen Sie noch einmal die Störung! Ich wünsche Ihnen ein schönes Wochenende! Auf Wiedersehen!"

„Auf Wiedersehen, Herr Kommissar"

Johann schloss die Türe hinter dem Chefinspektor. Etwas wunderte ihn. Weshalb machte der Kommissar so einen weiten Weg zu seiner Wohnung nur wegen der einen Frage? Weshalb sollte ausgerechnet er Moritz' Nachnamen wissen? In Gedanken versunken goss er das Wasser, das er auf dem Herd heiß gemacht hatte, in die Waschschüssel und gab etwas kaltes Wasser dazu.

„Nein, bitte nicht!" – schrie er. Schwer atmend lief er los, aber er kam so schwer vom Fleck! Ohne sich umzudrehen, wusste er, dass der Mann mit einer riesigen Schaufel hinter ihm her war. Er selbst kroch schon fast auf allen Vieren, kam aber nicht voran. Plötzlich erschien der Bauer vor seinem Gesicht. Mit blutigem Kopf öffnete dieser seine Arme, als würde er ihn umarmen wollen und Johann verkroch sich an seiner Brust. Es war der alte Hintermayer, der ihn beschützte. Der Verfolger blieb stehen, fuchtelte mit seiner Riesenschaufel herum und verschwand im Nebel. „Ruhig, ruhig …", hörte er den alten Bauern sagen und langsam beruhigte sich sein Puls.

Er war aufgewacht. Schweißgebadet. Johann kannte diesen Traum. Immer wieder träumte er davon, erschlagen, erschossen oder lebendig begraben zu werden. Und immer wieder erschien ihm der Bauer, den er bewusstlos geschlagen hatte, mit einem blutigen Kopf. Heute aber rettete ihn der gute alte Hintermayer. Wie ein Vater war er zu ihm gewesen und hatte ihm über sein Heimweh hinweggeholfen. Schicksalhaft war Johann ihm sozusagen in die Arme gelaufen. Als er am Donauufer entlanglief und heftig weinte. Istvan hatte ihn überzeugt, mit nach Österreich zu kommen, und bevor er ihn in den Donauauen aussteigen ließ, warnte er ihn noch vor den Russen.

„Die Russen treiben sich hier auch schon rum, pass auf, dass du nicht in ihre Hände gerätst!"

Johann war die Angst in die Glieder gefahren. Damit hatte er nicht gerechnet. Warum hatte ihm Istvan das vor der Fahrt verschwiegen? Gut, er hatte dringend einen Heizer gebraucht … Wenigstens hatte er ihn jetzt gewarnt.

So entschloss er sich, auf die andere, nördliche Seite der Donau zu gelangen, denn auf der südlichen Seite befanden sich die Hauptverkehrwege. Dort, auf der anderen Seite, wäre er sicherer. Er gelangte auch zu einer großen Brücke über die Donau mit viel Verkehr: Automobile, Autobusse, Fahrräder, Fuhrwägen. Er hatte sich nicht getraut, jemanden anzuhalten, und so bog er auf der anderen Seite nach Westen ab und lief wieder über Stock und Stein – besser gesagt, watete durch die sumpfige Au. „Geht dieses endlose Herumirren wieder los?" – dachte er verzweifelt. Bald traf er aber auf einen Fußweg und er wusste, der würde unweigerlich in eine Ortschaft führen. Dort musste sich etwas ergeben, denn er hatte Hunger. Istvan hatte keine Anstalten gemacht, ihm etwas auf den Weg mitzugeben, und Johann hatte nicht fragen wollen.

Dann begegnete er Hintermayer. Der war gerade dabei, klein aussehende, aber gewiss nicht leichtgewichtige Baumstämme auf seinen Fuhrwagen zu hieven. Johann kam dazu und half ihm wortlos, bis der Wagen vollgeladen war. Alfons, das war sein Vorname, musterte ihn und fragte: „Willst was essen?"

„Ja, gerne", antwortete Johann und so fuhren sie zum Forsthaus Stopfenreuth. In dem kleinen Wirtshaus gab's eine kräftige Suppe und saftige Marillenknödel. Zum ersten Mal seit langem hatte es Johann auch richtig gut geschmeckt.

Hintermayer hatte ein Gehöft in der Nähe mit einer kleinen Schweinezucht. Nebenbei erledigte er auch Arbeiten für den kranken Förster, was ihn aber übermäßig anstrengte. Zufällig war das etwas, worin sich Johann seit seiner Jugend gut auskannte. So blieb er beim Bauern. Es wurde eine gute Zeit. Hintermayer behandelte ihn wie den eigenen Sohn, den er glaubte, an den Krieg verloren zu haben, und Johann fühlte sich geborgen.

Als die Russen tatsächlich nach Stopfenreuth kamen, versteckte ihn der Bauer tagelang in der Scheune hinter einer schnell hingenagelten Bretterwand, die mit Heuballen verbarrikadiert wurde. Zwei russische Offiziere hatten sich tagelang auf dem Hof einquartiert und so wurde es brenzlig. Hintermayer brachte Johann nachts heimlich das Essen. Langsam begann es aus der Ecke in der Scheune auch unangenehm zu riechen. Gut, dass die Russen rechtzeitig weiterzogen!

Kurz danach stellte Johann mit Hintermayer als Bürgen im Gemeindeamt von Stopfenreuth einen Antrag auf die österreichische Staatsbürgerschaft. Natürlich würde der Antrag nach Wien gehen und wenn er nachweisen konnte, fünf Jahre lang eine Beschäftigung gehabt zu haben, würde er danach die Staatsbürgerschaft auch bekommen.

Alles lief nach Plan, bis nach schon sechs Monaten der Sohn aus dem Krieg nach Hause kam. Er war als freiwilliger SS-Soldat in Kriegsgefangenschaft geraten und über ein Austauschverfahren freigekommen.

Ab dem Zeitpunkt funktionierte nichts mehr und Johann entschloss sich zu gehen. Der Bauer vergoss zum Abschied viele Tränen. Um den Russen nicht zu begegnen, umkurvte er Wien im Osten und landete nördlich von Wien bei einem Bauern im Dorf Gaisruck, wo er unter äußerst schlechten Bedingungen bei kargem Lohn ausharrte, bis er nach Vollendung der fünf Jahre endlich die österreichische Staatsbürgerschaft erhielt.

Dass ihn aber der Hintermayer aus dem Albtraum gerettet hatte, ließ die guten Gefühle dem alten Bauern gegenüber aufleben und Johann entspannte sich noch ein paar Minuten, bevor er aufstand. Er hatte an diesem Sonntag noch etwas vor.

Er zündete sich eine *Memphis* an und behielt den Haupteingang des Prater im Blick, erwartungsfroh und nahezu glücklich. Er war verliebt und hatte heute seine beste Kleidung angelegt. Die dunkelgraue Hose, die ihm sehr gut passte, obwohl er sie in der Mariahilfer Straße von der Stange gekauft hatte, das weiße, gestärkte Baumwollhemd, das ihm eine elegante Note verlieh, die schwarzen Lederschuhe, die er erst diese Woche beim Schuster um die Ecke gekauft hatte, und den dunkelgrauen Herrenhut, den sie ihm schon bald nach ihrem ersten Treffen geschenkt hatte. „Es gehört sich so. Du bist ein stattlicher Mann mit einem guten Beruf und das soll man auch sehen!" – hatte sie zu ihm gesagt. Es hatte etwas Fürsorgliches, wie sie mit ihm umging, obwohl sie sechs Jahre jünger war als er. Das gefiel Johann, dem diese weibliche Fürsorge seit langem nicht mehr zuteilgeworden war. Seine Mutter war früh verstorben, er war gerade 11 Jahre alt gewesen. Danach erinnerte er sich nur an die Strenge seines Vaters.

Er war ungeduldig und dachte sich, die Zigarette würde ihm die Wartezeit erleichtern. Entweder könne er sie zu Ende rauchen oder sie würde schon vorher erscheinen und dann ... umso besser!

Und da war sie! In ihrem eleganten beigen Kostüm, das Johanna in den letzten vier Wochen, seitdem sie sich kannten, immer anhatte, wenn sie ausgingen. Im Grunde taten sie nichts anderes als auszugehen, seitdem sie sich kannten, denn sie hatten beide nur am Sonntag Zeit für solche Aktivitäten. Johanna wohnte außerhalb Wiens, in Floridsdorf, und kam normalerweise nur in die Stadt, um in der Mariahilfer Straße Besorgungen zu machen oder die Sachen, die sie auf Bestellung nähte, abzugeben beziehungsweise zur Änderung abzuholen. Dort hatte Johann sie auch zum ersten Mal gesehen, als er eine Arbeitshose zum Stopfen brachte. Sie kam gerade herein, als er hinausgehen wollte. Er hielt ihr die Türe auf, was auch einen praktischen Wert hatte, weil an ihren beiden Händen schwere Stofftaschen hingen. Wie ein Blitz traf es ihn! Sie war so hübsch und fein von Statur und ihr „Dankeschön" mit ihrer süßen Stimme hatte ihn verzaubert. Er wartete draußen auf sie und als sie herauskam, erneut beide Taschen voll, fragte er: „Darf ich Ihnen helfen?"

„Nein!" – kam die prompte Antwort und sie ließ ihn einfach stehen. Johann war nicht gerade erfahren darin, Bekanntschaft mit Frauen zu machen. Ernste Bekanntschaft. In den verschiedenen einfachen Bars seiner Wohngegend, in denen man bis spät am Abend sein Bier trinken konnte, war es keine Kunst, eine Frau kennenzulernen. Gelegentlich ging auch eine mit zu ihm nach Hause. Aber das hier war etwas anderes! Er hatte sich in diese hübsche junge Frau verguckt.

Genau eine Woche darauf – es war ein Mittwoch – wartete er erneut vor der Schneiderei. Als Johanna mit ihren zwei Taschen auftauchte, öffnete er ihr die Türe und grüßte sie: „Guten Tag, Fräulein!" Sie wirkte gar nicht überrascht und erwiderte wieder artig: „Dankeschön!" Als sie wenig später herauskam, fragte sie Johann etwas mutiger: „Darf ich Ihnen heute mit den Taschen helfen?" Johanna blieb stehen, sah ihn an und hielt ihm die Taschen hin: „Bitte sehr! Das ist sehr nett von Ihnen!"

Er hatte sie bis zur Straßenbahn begleitet. Auf seine Frage, wo sie hinfuhr, gab sie keine Antwort und lehnte es auch ab, von ihm weiter begleitet zu werden. Daraufhin bat er sie um ein Wiedersehen. „Nächsten Mittwoch?" – hatte sie gefragt. Johann musste aber passen, denn er konnte sich nicht dauernd mittwochs Nachmittag von der Arbeit freinehmen. Sie einigten sich auf Sonntag vor der Schneiderei, auch wenn sie geschlossen hatte.

Heute gingen sie zum ersten Mal in den Prater. Gleich nach dessen Eingang drehte sich das Riesenrad und so steuerten sie auch sofort darauf zu. Johanna war noch nie damit gefahren und Johann schwärmte ihr von der herrlichen Aussicht dort oben so sehr vor, dass sie sich bereit erklärte, ihre Angst an seiner Schulter zu überwinden.

Es war nicht einmal Mittag und so herrschte noch kein Andrang. In ihre Kabine stieg ein weiteres Pärchen ein, das, wie Johanna und Johann, mit sich selbst beschäftigt war. Johanna klammerte sich an Johanns Arm und quietschte vor Aufregung, als sie in die Höhe stiegen.

Erfahren wie Johann es war, da er schon einmal mit dem Riesenrad gefahren war, wandten sie sich erst der Rückseite zu, die einen Blick nach unten erlaubte. Bald konnte man die nächste Kabine erblicken, die hochstieg. An dem Fenster, das nach oben wies, stand ein Mann. Johann dachte sich gerade, dass das keinen Sinn machte, da dieser vorerst nur ihre Kabine und den Himmel sehen konnte, aber dann erstarre er innerlich! Der Mann fixierte ihn und seine Blicke trafen sich. Es war lange her, aber diese Augen und dieses Gesicht verfolgten ihn immer wieder in seinen Albträumen! Er konnte dessen Blick nicht standhalten und drehte sich um. Johanna fiel das nicht auf und sie gingen zu den seitlichen Fenstern, von wo aus man einen immer besseren Blick über Wien bekam. „Schau, das ist der Stephansdom!" – rief sie aus und suchte vergnügt nach weiteren Wahrzeichen der Stadt. Johann ließ sich nichts anmerken, aber innerlich war er angeschlagen. Mit dieser Begegnung hatte er in all den Jahren nicht gerechnet. Er hatte aber keinen Zweifel. Er war's! Und es hatte so ausgesehen, als habe dieser Mann seinen Blick gesucht. Er wusste also, wer er war. Vielleicht hatte er ihn sogar bis zum Riesenrad verfolgt. Das gefiel Johann nicht. Er beschloss, sofort nach dem Aussteigen den Prater zu verlassen. Bevor der Andere ausstieg. Er wusste, es dauerte ein paar Minuten, bis die nächste Kabine zum Halten kam. Was würde Johanna von dem plötzlichen Abgang denken? Er wollte ihr nicht gleich die Wahrheit sagen. Wollte ihr keine Angst machen. Johann nahm sie fest in den Arm und spürte, wie sie sich bereitwillig an ihn schmiegte. Er küsste sie auf den Mund und sie erwiderte den Kuss mit geschlossenen Augen. „Ich möchte, dass wir zu mir gehen", hauchte er ihr ins Ohr. Mit noch geschlossenen Augen nickte sie ihm zu und blieb ganz eng an ihn geschmiegt.

***

Ein Rettungswagen, zwei Polizeiautos und ein Boot der Wasserwacht drängten sich im Stadtteil Simmering am südwestlichen Ufer des Donaukanals. Die Wasserwacht hatte die Leiche entdeckt, die sich in der Uferböschung, die sich an dieser Stelle üppig über das Wasser ausbreitete, verfangen hatte. Es handelte sich um eine Frau, nach erster Einschätzung Anfang dreißig, mit sichtbaren Würgemalen am Hals. Ein dünnes Seil hatte sie wohl ursprünglich umwickelt gehabt. Jetzt hing es lose, nur noch am Knöchel des rechten Beins festgeknotet.

„Wann genau habt ihr die Leiche entdeckt?" – fragte Inspektor Lechner einen der Beamten der Wasserwacht.

„Heute Morgen um halb acht gleich nach Beginn unserer Runde."

„Wann habt ihr gestern Abend die letzte Runde gedreht?"

„Die Spätschicht war das. Planmäßig bis 24 Uhr. Das besagt aber nichts über den Zeitpunkt, an dem die Leiche in den Kanal versenkt wurde. Möglicherweise wurde sie auch mit etwas beschwert und hat sich erst vor kurzem gelöst."

„Ja, danke. Das werden wir und der Pathologe mit Sicherheit feststellen", erwiderte der Kommissar und wandte sich ab.

„Doktor Ebner, können Sie mir schon etwas sagen?" – fragte er den Pathologen, der sich seit einigen Minuten mit der Leiche befasste.

„Nicht viel, Inspektor. Nach dem Grad der Aufschwemmung lag sie bestimmt seit mehreren Tagen im Wasser. Den genaueren Todeszeitpunkt kann ich Ihnen deshalb erst nach erfolgter Obduktion melden."

„Gut, vielen Dank Doktor!"

„Georg!" – rief der Inspektor seinen Kollegen zu sich. „Finde heraus, ob und wer in den letzten Tagen als vermisst gemeldet wurde! Wenn bei uns in Simmering nichts gemeldet wurde, dann ruf die Polizeikommissariate flussaufwärts an. Landgraben, Innere Stadt, und so weiter!"

„In Ordnung, Alfred, mach ich!"

Langsam löste sich die Ansammlung auf. Der Rettungswagen fuhr als erstes ab und machte Platz für den Leichenwagen, der mit etwas Verspätung angekommen war. Inspektor Reiter machte sich mit einem Polizeiwagen sofort auf den Weg zum Kommissariat, um die Vermisstenmeldungen zu überprüfen.

Alfred Lechner zündete sich eine *Memphis* Zigarette an. Sie war die beliebteste Marke. In Österreich produziert, guter Tabak, unschlagbar im Preis. 25 Groschen, wenn man sie einzeln kaufte. Anlässlich der Wiener Festwochen hatte er sich allerdings eine schöne Festschachtel mit 25 Zigaretten für 7 Schilling geleistet. Die Schachtel bewahrte er zu Hause auf seiner Wäschekommode auf. Jeden Tag nahm er eine heraus und legte sie zu den anderen in sein blechernes Zigarettenetui, als sei sie etwas Besonderes und nicht herstellungsgleich mit den einzeln oder im Zehnerpack gekauften. Seitdem die Wiener Festwochen mit dem umfangreichen Kulturprogramm wieder stattfanden, hatte Lechner bereits mehrere Aufführungen besucht. Er liebte vor allem Verdis „Traviata", die schon seit der Wiederaufnahme der Festwochen vor einem Jahr ununterbrochen an dem etwas ramponierten *Theater an der Wien* gegeben wurde. Die Wiener Staatsoper befand sich noch im Wiederaufbau. Selbst die russische Besatzungsmacht beteiligte sich an den Kosten. Die Eröffnung der Festspiele mit der beeindruckenden „Fanfare" am Rathausplatz hatte Lechner auch nicht verpasst. Endlich wurde nach dem Krieg wieder Kultur in Wien geboten!

Der Kommissar schlenderte eine Zigarette lang am Ufer des Donaukanals hin und her, bevor er sich zu seinem Wagen begab. Als Chef des Polizeikommissariats von Simmering fuhr er einen VW Käfer, privat. Er wollte zu seinem Büro fahren und sich noch einmal die Akte des letzten Unfalls im Hotel Pribitzer anschauen. Da war doch etwas mit dem Hilfsportier gewesen. Der wurde von seinem Kollegen Reiter überprüft. Erst einmal nichts Auffälliges, bis man ihn bei dem Versuch für eine zweite Befragung tagelang nicht antraf. Irgendwas war da noch ungeklärt geblieben.

Im Büro angekommen fand er die Pribitzer Akte sofort. Es handelte sich um einen gewissen Moritz Berger, wohnhaft in der Grangasse 5 im 14. Bezirk. Auf dem Wege der Amtshilfe hatte ihn Inspektor Kuchny von der Polizeiinspektion Tannengasse besucht. Berger befand sich offenbar oder auch angeblich im Krankenstand und war deshalb nicht mehr am Arbeitsplatz erschienen. Da er sich aber nicht krankgemeldet hatte, wurde er umgehend entlassen. Nach Kuchnys Angaben ergab die Befragung nichts Neues zum Unfall. Und … da stand es: Berger wohnte zusammen mit einer Frau, Elsa Wiesinger, beschäftigt am Meldeamt in der Wimbergergasse. Die Akte schloss mit dem Vermerk, dass beim Pribitzer Unfall keine Verbindung zu Moritz Berger hergestellt werden konnte.

Kommissar Lechner hatte aber ein Bauchgefühl. Schon damals gefiel ihm nicht ganz, dass der Vorfall im Hotel als Unfall zu den Akten gelegt wurde. Ein Haustechniker, der zum Fenster rausfällt! Wo gibt's denn sowas! Gab's nicht neulich im Bereich des Kommissariats Landstraße einen ähnlichen Unfall? Er griff zum Telefon und wählte die Nummer:

„Geben Sie mir bitte Chefinspektor Baumgartner, hier Chefinspektor Lechner aus Simmering", meldete er sich schon gespannt auf das Gespräch.

„Hier Baumgartner, was kann ich für Sie tun, Lechner?" Sie kannten sich natürlich ganz gut, hatten ein kollegiales Verhältnis geprägt von Konkurrenzkampf und Bestreben nach Nichteinmischung, das gerade im Falle des Hotels Pribitzer für etwas Unmut gesorgt hatte. Das Hotel befand sich genau an der Grenze zwischen den beiden Zuständigkeitsbereichen und Lechner hatte sich den Fall unter den Nagel gerissen, weil seine Abteilung zuerst am Ort des Vorfalls war. Aus solchen Gründen war es auch noch nicht dazu gekommen, dass sich die zwei altgedienten Kommissare duzten.

„Wir haben heute eine Frauenleiche aus dem Donaukanal gefischt. Ich habe da so einen Verdacht. Was können Sie mir über den Unfall auf der Baustelle neulich sagen? Irgendetwas Ungewöhnliches?"

„Kann schon sein. Wie in eurem Pribitzer Fall ist ein Handwerker unerklärlich aus dem zweiten Stock in den Tod gestürzt. Habe kein Motiv für einen Mord."

„Und Verdächtige?" – fragte Lechner vorsichtig. Er wusste, das war der Stand, bei dem man die Ermittlungen nicht gerne preisgab.

„Es gibt drei Bauarbeiter, die in der Nähe waren. Aber, wie gesagt, bei keinem konnten wir ein Motiv feststellen."

„Hieß einer der drei vielleicht Moritz Berger?"

Am anderen Ende schnaufte Baumgartner hörbar. Dann kam die überraschende und gleichzeitig erhoffte Antwort: „Ja, einen Moritz haben wir, aber wie er mit Nachnahmen heißt, konnten wir noch nicht herausfinden. Wir haben ihn aus den Augen verloren. Er ist nicht mehr zur Arbeit erschienen und niemand kannte seinen Nachnamen."

Lechner klatschte sich mit einer Hand auf den Oberschenkel und rief ins Telefon: „Das muss es sein, Baumgartner! Dasselbe Muster wie im Pribitzer Fall! Moritz Berger erscheint nicht mehr zur Arbeit! Wir haben kein Motiv, aber jetzt haben wir einen dringend Tatverdächtigen!"

„Wie hängt das mit eurem Leichenfund zusammen?"

„Das muss ich noch klären, aber wir müssen uns jetzt diesen Berger schnappen. Ich nehme an, Sie wollen sich drum kümmern, da euer Fall der frischeste ist. Er wohnt im 14. Bezirk in der Grangasse 5."

„Danke für den Hinweis, Lechner!" – erwiderte Baumgartner hörbar überrascht. Ich fürchte, wir müssen in dieser Sache zusammenarbeiten."

„Ja, fürchte ich auch", gab Lechner regelrecht erfreut zurück. „Geben Sie mir Bescheid, wenn Sie ihn haben?"

„Na klar, und viel Erfolg mit eurer Leiche!"

„Danke, bis dann!" Lechner legte auf und ging sofort in den Nebenraum, in dem sein Kollege Reiter und zwei

Inspektoraspiranten ihren Schreibtisch hatten. „Georg, hast du schon eine Vermisstenmeldung?"

„Nein Chef, aber ich telefoniere mich noch weiter durch."

„In Ordnung. Gib mir sofort Bescheid, wenn du was hast!"

Zurück in seinem Büro, setzte er sich an den Schreibtisch, zündete sich eine Zigarette an und begann in der Akte Pribitzer nachzulesen. Der verunglückte Haustechniker. Was wussten sie über ihn? Danach musste er sich noch einmal mit Baumgartner zusammentun und den Hintergrund des verunglückten Maurers durchleuchten. Vielleicht entdeckten sie eine Gemeinsamkeit! Dann hätten sie ein Motiv!

***

Er hatte die Leiche mit dem dünnen Wohnzimmerteppich umwickelt und mitten in der Nacht mit dem Fahrrad umständlich zum Donaukanal gebracht. Er musste das Fahrrad schieben, denn er hatte das Paket der Länge nach darauf festgebunden. Zum Glück regnete es, ja es schüttete sogar, sodass er auf seinem Weg dahin fast niemandem begegnete. Und wenn, dann interessierte es niemanden, denn jede und jeder sah zu, dass sie oder er so schnell wie möglich ins Trockene gelangte. Er musste nur darauf achten, dass ihn keine Polizei anhielt.

Am Donaukanal, auf Höhe der Aspernbrücke, entledigte er sich der Leiche, die er noch mit einer der herumliegenden Eisenstangen beschwerte. Ihren Körper hatte er mit einem Seil um Arme und Knöchel zusammengeknotet.

Den Teppich nahm er mit zurück in die Wohnung. Dieses Mal fuhr er mit dem Fahrrad. Selbst wenn ihm die Polizei begegnete, gab es keinen Grund, ihn bei diesem Regen anzuhalten.

Milos wusste, dass er nur noch zwei, drei Stunden schlafen konnte, bevor er die Wohnung endgültig verlassen musste. Er hatte schon eine Vorstellung, wo er sich eine neue suchen würde. Er zog die nassen Klamotten aus, hängte sie zum Trocknen auf und legte sich ins Bett. Sofort schlief er ein und wachte nach genau drei Stunden wieder auf. Diese Körperkontrolle, selbst im Schlaf, hatte er sich in den letzten Jahren antrainiert. Er brauchte nie einen Wecker. Immer wachte er genau dann auf, wann er es sich vornahm.

Milos packte seine sieben Sachen in den großen Koffer, mit dem er vor fünf Jahren aus der Tschechei eingereist war. Er kam nach Wien, weil er gehört hatte, dass viele ehemalige deutsche Soldaten in Österreich blieben, da sie sich während der deutschen Besatzung nach der „Eingliederung" Österreichs in das Deutsche Reich hier bereits heimisch fühlten und vorerst untertauchen wollten. 1949 wurde das Meldegesetz erlassen, wonach diejenigen, die sich beim Meldeamt mit all ihren persönlichen Daten anmeldeten, eine Arbeit und Wohnung erhielten. Den Deutschen wurde vorläufiges Bleiberecht garantiert. Man benötigte Arbeitskräfte zur Belebung der Wirtschaft.

Er selbst war als Moritz Berger gemeldet. Er hatte den Namen seines ersten Opfers übernommen. Das war kein Deutscher, sondern Österreicher. Milos hatte ihn in planvoller Vorbereitung ausgesucht. Es gab mehrere Kandidaten, die er eingehend studiert hatte, bis er auf Berger stieß, von dem er erfuhr, dass er keine Familie hatte und alleinstehend war. Ein Glücksfall, dass sie sich auch noch einigermaßen ähnlich und im etwa gleichen Alter waren. Milos selbst war einunddreißig und Berger dreiunddreißig. Dessen Leiche wurde niemals gefunden. Wer weiß, wie weit sie im Donaukanal abgetrieben wurde und mittlerweile mit der Donau im Schwarzen Meer gelandet war.

Von da an konnte er seine göttliche Mission in die Tat umsetzen. Seine deutschen Opfer auszumachen war allerdings nicht einfach gewesen. Er musste sich aufwändig und trotzdem unauffällig durchfragen. Das Arbeitermilieu schien ihm geeignet, denn dort fand er auch immer Arbeit, meistens als Hilfskraft. Einmal hatte er aber einen Doktor erwischt. Dieser war in der „Inneren Stadt" als „der Deutsche" bekannt. Das reichte Milos. Es war nicht nötig zu wissen, was der im Krieg getan hatte oder nicht. Der Arzt gehörte zu einer Zunft, die sich in den KZs nicht mit Ruhm bekleckert hatte. Den tötete er sehr gerne, indem er ihn von der Marienbrücke in den Donaukanal hinabstieß. Seine Recherche hatte zufällig ergeben, dass der Doktor nicht schwimmen konnte.

Dann traf Milos vor zwei Jahren Elsa. Sie gefiel ihm, aber er hatte nicht vor, ihr besonders den Hof zu machen. Er wollte mit ihr ins Bett gehen, aber sie war nicht eine von den „leichten Frauen", die sich in großer Anzahl in den Bars etwas dazuverdienten. Es war nachmittags gewesen im Café Remy in der Goldschlagstraße. Milos überlegte schon, mit welchem Vorwand er sie zu sich nach Hause locken konnte. Dort hätte sie keine Wahl mehr gehabt. Sie erzählte aber von ihrer Arbeit und Milos wurde hellhörig. Sofort begriff er, welchen Wert diese Frau für ihn hatte. Sie konnte ihm Adressen und Arbeitsplätze von Deutschen besorgen. Geistesgegenwärtig erfand er die Geschichte von dem Deutschen, der ihm das Leben im Krieg gerettet hatte, und wie gerne er ihn wieder treffen würde, um den Dank auszusprechen, den er ihm schuldig war. Elsa war beeindruckt von diesem edlen Vorhaben und davon, dass er anders als die Männer, die sie sonst traf, nicht sofort mit ihr ins Bett gehen wollte. Sie wusste, das war der Richtige für sie!

Er behielt seine beziehungsweise Bergers Wohnung, zog aber zu ihr. „Aus Liebe" hatte er über die Lippen gebracht. Es passte auch sonst gut, denn in Bergers Wohnung wollte er nicht unbedingt zurück, da er die alte Nachbarin von ihrem Balkon im dritten Stock in die Tiefe gestoßen hatte, weil sie Verdacht geschöpft hatte, dem richtigen Berger sei was geschehen.

Vor ein paar Wochen erfuhr er, dass Elsa ihn als Untermieter beim Meldeamt angegeben hatte. Das ärgerte ihn zwar, aber er konnte nichts sagen, zumal sie stolz darauf war und dachte, Moritz dabei einen Gefallen getan zu haben. So musste er nicht immer umständlich in seine Wohnung gehen, um Post und Rechnungen abzuholen. Mit einem Nachsendeantrag kam die Post nun in die Grangasse, auch wenn zu Elsas leichter Verwunderung außer Mahnungen vom Vermieter kaum Post ankam.

Milos war immer knapp bei Kasse gewesen und so wurden in einer Schublade auf seine Anregung hin etwa 100 Schilling aufbewahrt, für alle Fälle. Elsa sagte weiter nichts, obwohl sie sich solche „Fälle" nicht vorstellen konnte. Dieses Geld nahm er nun zu sich und verließ die Grangasse für immer. Milos wollte in das ehemalige Judenviertel auf der anderen Seite des Kanals. Er hatte gehört, dass dort noch viele Wohnungen leer standen und es Vermieter gab, die keinen Wert auf Personalien legten, solange die Miete wöchentlich im Voraus bar bezahlt wurde.

***

„Chef, ich hab' drei Vermisstenmeldungen. Alle drei von der Landespolizeidirektion am Schottenring."
„Gut, sag …"
„Martha Köppel, Elsa Wiesinger …"
„Stopp!" – unterbrach ihn Lechner. „Das ist sie!"
„Die Adresse hab' ich auch", fügte Reiter hinzu.
„Die hab' ich auch", unterbrach ihn Lechner zur Verwunderung seines Kollegen. „Einzelheiten über Wiesinger?"
„Sie ist seit Mittwoch nicht mehr in der Arbeit erschienen. Sie war beschäftigt beim Meldeamt in der Wimbergergasse. Die haben sie dann am Freitag vermisst gemeldet. Woher weißt du denn von ihr?" – fragte Reiter.
„Aus der Pribitzer Akte. Sie war die Freundin oder zumindest Mitbewohnerin eines gewissen Moritz Berger, der auffälliger Weise nach dem tödlichen „Unfall" des Haustechnikers nicht mehr zur Arbeit erschienen war. Du hast ihn seinerzeit befragt. Erinnerst du dich noch? Beim Baustellenunfall in Landgraben war er auch zugegen. Merkwürdig, nicht wahr? Wir greifen mit Baumgartner die Fälle wieder auf."
„Du arbeitest wieder mit ihm zusammen?" – fragte Reiter verwundert.
„Was sein muss, muss sein", gab der Chefinspektor ungerührt zurück. „Ich hab' zwei Aufgaben für dich: Erstens, bitte jemand vom Meldeamt her, die Leiche zu

identifizieren! Sie liegt immer noch in der Pathologie. Dann geh bitte zum Hotel Pribitzer und frag nach, was man dort noch weiß über den „verunglückten" Haustechniker! In der Akte stand nur sein Geburtsdatum und Geburtsort: Koblenz in Deutschland. Alleinstehend. Schau, dass du mehr herausbekommst!"

„In Ordnung", gab Reiter zurück und verließ Lechners Büro.

Dieser nahm den Telefonhörer in die Hand und wählte Baumgartners Nummer. Mittlerweile hatte er die Durchwahl.

„Baumgartner", antwortete eine geschäftige Stimme.

„Hallo Baumgartner, hier Lechner. Habt ihr den Berger?"

„Nein, offensichtlich ausgeflogen. Kaum noch Männersachen in der Wohnung. Allerdings Frauensachen. Die Nachbarn jedoch sagten, sie hätten die Frau, die dort wohnte, schon mehrere Tage nicht gesehen. Ist das wohl eure Leiche?"

„Positiv, es bestehen kaum noch Zweifel. Sie muss nur noch von Arbeitskollegen identifiziert werden, die sie vermisst gemeldet haben."

„Dann scheint die Sachlage recht klar zu sein. Wir haben mittlerweile die Daten der Fahndung nach Berger vervollständigt. Wie sollen wir Ihrer Meinung nach weiter vorgehen?"

„Berger ist offensichtlich gefährlich. Wir müssen aufpassen. Habe mittlerweile bei verschiedenen Kommissariaten herumtelefoniert und erfahren, dass es in den letzten Jahren mehrere „Unfälle" gab, bei denen Leute in den Tod gestürzt sind. Einmal sogar eine alte Frau. Danach sei ein Nachbar, namens Berger, nicht mehr in seine

Wohnung zurückgekehrt. Ich glaube langsam, wir haben es mit einem Serienmörder zu tun", sagte Lechner bedeutungsvoll.

„Das ist ein Ding!" – erwiderte Baumgartner.

„Wir müssen dennoch versuchen, die Motive für seine Morde herauszufinden. Könnten Sie Einzelheiten über den Hintergrund des zu Tode gekommenen Maurers herausfinden?"

„Gut, in Ordnung, mache ich. Wir bleiben in Verbindung", sagte Baumgartner und legte auf.

***

Er hatte, wie erwartet, unkompliziert eine neue Wohnung mieten können. Er wusste, dass sich in der Czerningasse ein Schmuckladen befand, in dem man solch eine Wohnung diskret gegen eine „Gebühr" von 10 Schilling vermittelt bekam. Die Einzimmerwohnung befand sich in der Komödiengasse. Es war eine sehr geschäftige Gegend und das war Milos recht. So konnte er jederzeit in der Menschenmenge untertauchen. Die Chancen standen auch gut, dachte er, eine Hilfsarbeit zu bekommen, schwarz, ohne Angabe von Personalien. Seinem Vermieter, eher arabischer als jüdischer Herkunft, gab er an, er heiße Radler, in Anlehnung an seinen wahren Nachnamen Radlec, damit er nicht durcheinanderkam.

Die Fenster der Wohnung und der kleinen Küche zeigten zum Innenhof. In der Küche fand er zwei Herdplatten vor, einen Kochtopf, einen Wassertopf, einen Suppen-, einen Essteller, eine große Tasse und Besteck für eine Person. „Besser geht's nicht!" – dachte sich Milos. Er machte sich einen Tee. Der Vormieter hatte gütigerweise ein paar Teebeutel zurückgelassen oder sie schlicht und einfach vergessen. Es war Sonntagmorgen. Heute war Spazierengehen angesagt. In den paar Tagen zuvor hatte er noch keine Arbeit gefunden. Er stellte sich eine kleine Werkstatt vor, in der nicht viele arbeiteten und einer, der niedere Hilfsarbeit leistete, willkommen war. Die Wiener selbst nahmen ungern solche Arbeiten an. Milos hoffte, bald fündig zu werden, denn außer den 100 Schilling aus der Schublade hatte er nur noch einen kleinen Rest seines Lohns der Vorwoche übrig, nachdem die Wochenmiete für die neue Wohnung bezahlt war.

Er beschloss, die naheliegende Praterstraße hochzulaufen bis zum Praterstern, wo er am Straßenstand eine Schweinestelze essen wollte. Die Wiener nannten sie „Stöizn". Milos kam diese Aussprache albern vor, deshalb zeigte er, scheinbar in Gedanken, nur mit dem Zeigefinger drauf und der Verkäufer wusste natürlich, was er wollte. Die Mahlzeit befriedigte ihn, denn er leistete sich die Stelze nicht oft. Dazu eine große saure Gurke, Brot und Kren … Gesättigt machte er sich auf den kurzen Weg zum Prater, wo er sich noch eine Zuckerwatte gönnen und den Menschen zuschauen wollte, die sich in den Fahrgeschäften vergnügten. Wer weiß, vielleicht spazierte auch eine Frau allein … Er wusste, dass dies nicht selten eine Aufforderung war.

Kurz nach dem Eingang lief er an einem Mann vorbei, der auf einer Bank saß, eine Zigarette rauchte und zum Eingang schaute. „So wie er angespannt dasitzt, wartet er bestimmt auf seine Liebste", dachte Milos amüsiert. Aber dann traf es ihn wie ein Blitz! Dieses Gesicht war ihm bekannt! Er würde es niemals vergessen! Er hätte aber auch nicht gedacht, es jemals wiederzusehen! „Kann das sein?" – überlegte er. Milos hatte sich inzwischen von dem Mann um einiges entfernt, ging deshalb ein paar Schritte zurück und setzte sich auf eine Bank unweit der, auf der der Mann saß. Er musste ihn sich noch einmal genau anschauen! Der schaute noch in die andere Richtung. Unglaublich! Der Katalysator all seines Hasses auf die Deutschen! Im Krieg hatte er gegen sie gekämpft. Als Partisanen kamen sie nicht in den Genuss der Genfer Konvention, da sie von den Deutschen einfach als Mörder betrachtet wurden. So wurden die Gefangenen einfach „standrechtlich" erschossen. Trotz Kriegsende durfte in seinen Augen die Bestrafung der deutschen Soldaten nicht aufhören! Und der Hass wuchs ständig! Er nahm nicht ab. Mit jeder erfolgreichen Bestrafung nahm er zu! Es fühlte sich an wie ein ungestillter Heißhunger!

Als seine Liebste auf den Mann zuging, sprang dieser auf, warf die Zigarette seitlich weg und umarmte sie. Den Arm um ihre Hüfte gelegt, gingen die beiden in Richtung Riesenrad. Er redete eindringlich auf sie ein, während sie, den Kopf an seine Schulter gelehnt, vor sich hinlächelte. Milos betrachtete ihn genau und trotz des eleganten Hutes, den dieser trug, war er sich sicher! Es war der Deutsche, der ihm mit einem einfachen Trick entkommen war! Wie konnte er es damals nur geschehen lassen! Ein unaufmerksamer Augenblick! Wie gerissen diese Deutschen doch waren! Und unerbittlich! Seinem Freund hatte er den Schädel regelrecht eingeschlagen! Dabei wollte der ihn noch schonen und war dagegen gewesen, den Deutschen zu töten. Das hatte er nun davon! Hatte es mit seinem Leben bezahlt! Er selbst war mit einer Riesenbeule und einem Brummschädel davongekommen und hatte sich gewundert, dass ihn der Deutsche nicht erschossen hatte. Vielleicht nahm der an, er sei tot. Das war dumm von dem gewesen und Milos spürte, wie der unbändige Hass in ihm hochkam.

Er folgte den beiden in einem gewissen Abstand. Als sie ins Riesenrad einstiegen, wartete er eine Weile, bis die nächste Kabine dran war, und stieg ein. Er war allein, ging zur Frontscheibe und beobachtete die Kabine vor ihm. Sein Gegner schaute mit seiner Liebsten herunter. Milos fing seinen Blick auf und sah ihm direkt in die Augen. Sein ganzer Hass verdichtete sich in seinen Augäpfeln, die dem Feind eine unmissverständliche Botschaft schickten: „Ich hab' dich! Nimm dich in Acht!" Und er wusste, der andere hatte das verstanden! Die beiden verließen die Rückscheibe und verschwanden aus seinem Blickfeld. „Ich werde dir folgen, herausfinden, wo du lebst und arbeitest und dann entkommst du mir nicht mehr! Vielleicht habe ich auch für deine Liebste eine Verwendung." Bei diesem Gedanken konnte sich Milos ein Grinsen nicht verkneifen.

Das Riesenrad machte heute am Sonntag zwei Umdrehungen und stoppte dann erst jeweils bei der nächsten Kabine. Als Milos das auffiel, fluchte er vor sich hin. Die Kabine vor ihm stoppte, die Zwei stiegen aus, aber seine Kabine setzte an zur nächsten Umdrehung. Er hämmerte gegen die Glasscheibe und hoffte, auf diese Weise das Rad zum Stehen zu bringen. Sein Gegner sah sich nicht um, als er mit seiner Liebsten das Riesenrad verließ und Milos wurde gerade noch bewusst, dass es besser sei, wenn er nicht weiter tobte, sonst könnte er noch Ärger bekommen. Deshalb beruhigte er sich und hörte auf, an die Glasscheibe zu hämmern. Der Techniker zog die

Hand vom Notausschalter des Riesenrads wieder ab und das Rad drehte sich weiter.

***

„Ich möchte zu Chefinspektor Baumgartner, bitte!"

„Ich kenne Sie doch, Sie waren schon mal hier, oder?" – entgegnete der Polizeibeamte an der Anmeldung. „Wie war Ihr Name noch?"

„Johann Maurer", gab er zur Antwort und wunderte sich über das gute Gedächtnis des Beamten.

„Warten Sie bitte einen Augenblick auf der Bank gegenüber, ich gebe Herrn Kommissar Bescheid."

Baumgartner begrüßte ihn freundlich und bat ihn wieder in sein Büro. „Nun, Herr Maurer, was kann ich für Sie tun? Ist ihnen zu unserem Fall noch etwas eingefallen?"

Johann registrierte, dass Baumgartner „unser" gesagt hatte. Irgendwie gefiel ihm das, aber heute war er aus einem anderen Grund hier. Wäre er dem Inspektor nicht begegnet, wäre er nicht auf den Gedanken gekommen, zur Polizei zu gehen. Schließlich kann man seine Vergangenheit nicht einfach so preisgeben. Aber Johann hatte ein Gefühl, dass er Baumgartner einerseits vertrauen konnte und andererseits fühlte er sich zu der Polizeiarbeit, wie er sie bisher kennengelernt hatte, hingezogen. Er hatte einen undefinierbaren Wunsch, diese Tätigkeit näher kennenzulernen.

„Nein, Herr Kommissar, aber ich habe ein anderes Problem. Ich möchte Sie fragen, wie ich mir legal eine Waffe besorgen kann."

Die Verblüffung war Baumgartner deutlich anzusehen. „Wie kommen Sie denn auf solch einen Gedanken? Wozu brauchen Sie eine Waffe?"

„Zur Selbstverteidigung. Ich fühle mich bedroht und möchte mich schützen."

„Von wem fühlen Sie sich denn bedroht?" – fragte der Kommissar und dieses Mal schien er ihn ernst zu nehmen.

„Von einem Mann, der mich schon mal töten wollte."

Baumgartner sah ihn lange an ... „Nun, erzählen Sie mal. Ich bin neugierig."

Johann zögerte etwas, wusste nicht gleich, wo er anfangen sollte, aber nach und nach gelang es ihm, dem Kommissar seine Geschichte verständlich zu erzählen, ohne seine Gefühle zu sehr zu zeigen. Dennoch versagte ihm die Stimme an bestimmten Stellen und er kaschierte das, indem er Pausen in die Erzählung einstreute. Er berichtete auch von dem Bauern, den er niederschlagen musste, denn er hatte ein schlechtes Gewissen und er musste es jemandem erzählen. Dies war nun eine Gelegenheit.

„Und Sie sind sich sicher, dass der Mann im Riesenrad der Partisan war, der Sie töten wollte?"

„Hundertprozentig! Sein Gesicht werde ich nie vergessen. Es verfolgt mich immer wieder in meinen Albträumen."

„Und woher wissen Sie, dass er Sie erneut töten will? Der Krieg ist lange vorbei und vielleicht ist er einfach noch sauer, dass Sie ihn niedergeschlagen haben. Jeder andere in Ihrer Lage hätte sich aber auch gewehrt!"

„Ich bin mir sicher, Herr Kommissar! Die Art wie er mich angeschaut hat. Blanker Hass! Der will mich töten!"

„Vielleicht kommt in Ihnen nur das Trauma wieder hoch", versuchte der Kommissar weiter zu beschwichtigen.

„Nein, Herr Kommissar, glauben Sie mir!" Johann bedauerte schon fast, dass er es erzählt hatte, aber Baumgartner lenkte ein:

„Nun gut, das ist nicht so einfach, sag ich Ihnen gleich. Sie müssten erst eine Anzeige erstatten, aber Sie wissen gar nicht, wie der Bedroher heißt, und eine Anzeige gegen Unbekannt ist schon von vorneherein kein Grund, um einen Waffenschein zu beantragen. Wenn ich es mir genau überlege, sehe ich da kaum eine Chance. Und sich eine schwarz zu besorgen, wäre eine Straftat. Ich nehme an, sie wären nicht zu mir gekommen, wenn Sie das vorhätten."

„Nein, Herr Kommissar, natürlich nicht. Kann man da wirklich nichts tun? Sie erklären mich zu Ihrem Hilfspolizisten und dann darf ich eine Waffe tragen." Johann wusste, dass es gewagt war, so etwas zu sagen. Er wusste auch, dass das zu einfach gedacht war, aber er war ernsthaft auf der Suche nach einem Weg, sich verteidigen zu können.

Baumgartner antwortete nicht gleich. Johann fürchtete, er würde ihn umgehend auslachen. Aber der Kommissar dachte nach und sagte schließlich: „Doch, ich kann Sie als Hilfspolizisten einstellen. Aber nicht so, wie Sie es sich vorstellen und vorerst ohne Waffe." Er machte eine Pause und holte dann aus: „Sie gehen bei mir in die Lehre, das nennt man normalerweise Praktikum, und machen parallel die Polizeischule. Sie sind schon 32 Jahre alt und verfügen bereits über „Lebenserfahrung". So würde ich es in dem Antrag vermerken, der es Ihnen ermöglicht, gleich nach der Polizeischule ihre Aspirantenausbildung bei mir zu machen. Normalerweise müssten Sie danach erst einmal fünf Jahre Streifendienst absolvieren, aber Kriegsdienst wird als Ausgleich anerkannt. Wir haben gegenwärtig, gerade hier in Landgraben, einen ziemlichen Personalmangel. Ich könnte Sie bereits in der Praktikumszeit gut gebrauchen. Was halten Sie davon?"

Johann war zunächst sprachlos. Wie konnte es sein, dass Baumgartner seinen tiefsten Wunsch erkannt hatte? Ein Wunsch, der ihm selbst nicht einmal so klar bewusst gewesen war. Der Kommissar hatte gewissermaßen sein Innerstes hervorgeholt und nun lag es klar da: Ja, er wollte diesen Beruf, der ihn seit der Bekanntschaft mit dem Kommissar faszinierte, erlernen. In diesem Augenblick war der Schock über die Begegnung mit seinem Peiniger erst einmal verflogen.

„Wovon werde ich in der Ausbildungszeit leben?" – fragte Johann. Er sagte nicht „würde", sondern „werde". Die Entscheidung war innerlich gefallen. Aber das Praktische war auch wichtig.

Baumgartner fand die Frage gut. Er wusste, er hatte Johann richtig eingeschätzt. Er hatte sein Interesse erkannt und schätzte seine Ehrlichkeit. Aus ihm konnte er einen guten Inspektor machen. „Da Sie schon einen Beruf haben, gilt das als Umschulung." – Johanns Wortwahl war ihm nicht entgangen und so reagierte er entsprechend darauf – „Sie bekommen vom Staat Unterstützungsgeld und von unserem Kommissariat einen kleinen Lohn für Ihre Hilfsdienste. Sie müssen sich in den zwei Jahren der Polizeischule aber einschränken im Vergleich zu Ihrem Lohn am Bau. Danach, als Inspektoraspirant, wird es schon wesentlich besser sein."

„Abgemacht!" – gab Johann umgehend zurück und sah seinen zukünftigen Chef entschlossen an.

„Gut", erwiderte der Kommissar. „Und geben Sie trotzdem Acht in nächster Zeit!"

„Danke, Herr Kommissar! Werde ich tun." Johann schüttelte die Hand, die ihm der Kommissar lächelnd entgegenstreckte, und verließ selig das Kommissariat. Er hatte schon fast vergessen, weshalb er ursprünglich gekommen war. Oder, weshalb war er denn tatsächlich gekommen?

* Zwei Jahre später *

„Herzlichen Glückwunsch, Herr Maurer, zum erfolgreichen Abschluss der Polizeischule und willkommen im Aspirantendienst des Kommissariats!" Chefinspektor Baumgartner und etliche Beamte des Kommissariats Landgraben hatten ihre festlichen Uniformen angelegt und Johann war beeindruckt von der feierlichen Atmosphäre seiner Einweihung in den Kommissariatsdienst.

Die Ausbildung war nicht immer der Spaß gewesen, den er sich versprochen hatte. Es gab viel Theorie, die er büffeln musste, und das Mitschreiben bei den Schulungen war fast genauso anstrengend gewesen wie vorher die Arbeit am Bau. Die praktischen Übungen waren allerdings spannender, vor allem die Rollenspiele – Polizei gegen Verbrecher – bei denen es auch mal richtig zur Sache ging.

Im Kommissariat hatte er in seinen freien Stunden und teilweise in dem Urlaub, den die Polizeischule gewährte, das Praktikum absolviert, das er normalerweise erst nach der Grundausbildung hätte ableisten müssen. So konnte er jetzt sofort als Inspektoraspirant eingestellt werden. Als normaler Polizist hätte er sich jetzt schon Inspektor nennen dürfen, aber er strebte ja die Kommissarlaufbahn an.

Und jetzt durfte er eine Waffe tragen! Zwar ausdrücklich nur im Dienst, denn solange er noch unerfahrener Aspirant war, musste Johann sie auf dem Revier lassen. Während eines mehrere Tage dauernden Einsatzes konnte er sie nach mündlicher Genehmigung durch seinen Chef Baumgartner auch mit nach Hause nehmen.

Das Thema Selbstschutz aber war in den letzten zwei Jahren nicht mehr aufgetaucht. Er war seinem ehemaligen Peiniger und Albtraumverfolger nicht mehr begegnet. In den ersten Tagen und Wochen nach dem Schock im Riesenrad beobachtete er aufmerksam und angespannt seine Umgebung. Da die Polizeischule erst im September beginnen sollte, hatte er noch bis Mitte August am Bau die Eisenbiegerarbeiten zu Ende gebracht. Es war eine anstrengende Zeit gewesen, nicht so sehr wegen der Arbeit selbst, sondern wegen der Anspannung, seinen Rücken nicht unkontrolliert jemandem zuzudrehen. Er brachte zwar den Tod des Maurers Schuster nicht mit seinem Peiniger in Verbindung, aber er wusste, dass ein gezielter Stoß in die zuweilen spitz nach oben zeigenden Eisenstäbe verhängnisvoll sein konnte.

Danach ebbte die Sorge langsam ab und auch die Albträume ließen in der Häufigkeit nach. Auf dem Revier achtete Johann während seines Praktikums genau darauf, wie Chefinspektor Baumgartner und sein junger Kollege, Inspektor Koller, ihre Untersuchungen vornahmen. Er ging in der neuen Ausbildung ganz auf. Wobei Baumgartner ihn lange Zeit erst einmal mit Koller mitschickte, wenn dieser Befragungen oder andere Recherchen durchführen musste. Johann fühlte sich dabei bereits sehr wichtig, lernte aber auch viel von Koller, vor allem in der Kunst der Befragung: Man durfte nur langsam zur eigentlichen Kernfrage vordringen. Als würde man eine Wagenburg einnehmen wollen, musste man mit zunehmend schärferen Angriffen den Befragten mürbe machen. Auf der anderen Seite war die Verhältnismäßigkeit sehr wichtig. Umso geringer der Verdacht, desto sanfter die Befragung. Hier konnte man auch mal mit „Haben Sie's getan?" anfangen, um das Eis zu brechen.

Johanna war zu Beginn von Johanns Plänen nicht begeistert gewesen. Sie fand seinen anständigen Beruf am Bau gut. Die Polizei und Kriminalkommissare hatten einen etwas zwiespältigen Ruf in der Bevölkerung. Verbrecher und Mörder Jagen vermischte sich in der Vorstellung der Menschen mit der Tätigkeit der Verfolgten. Außerdem fürchtete sie, dass der neue Beruf viel gefährlicher sein könnte. Johanns Begeisterung überzeugte sie nur langsam und sie fand sich erst spät mit seiner neuen Tätigkeit ab.

Inzwischen waren sie zusammengezogen. Vor einem Jahr hatte Johann über seine noch bestehenden Kontakte zu seiner ehemaligen Baufirma erfahren, dass in der Unteren Donaustraße gerade staatlich geförderte Wohnungen gebaut wurden, die man mit einem günstigen Zins und langfristiger Tilgung erwerben konnte. Mit der Aussicht auf das Aspirantengehalt konnten sie sich die Hypothek leisten und kauften eine schöne Zweizimmerwohnung im sechsten Stock mit Küche, Bad und Balkon, von dem aus man einen schönen Blick auf den Donau-kanal hatte, der unmittelbar im Süden der Straße verlief.

Zur Straßenbahnhaltestelle am anderen Ende der Aspernbrücke waren es nur fünf Minuten zu Fuß und nach nur weiteren 10 Minuten Fahrt befand sich Johann an seinem Arbeitsplatz in der Polizeistation Landgraben. Im Sommer nahm er aber auch gerne das Fahrrad, wenn Johanna es nicht gerade selbst brauchte, um in die Mariahilfer Straße zu gelangen.

Und so fuhr Johann am Tag nach seiner Einweihung stolz und zufrieden in die Arbeit. Fünf ungeklärte Fälle erwarteten ihn am Arbeitsplatz, wobei die Akte Moritz Berger nicht dabei war. Diese behielt sich sein Chef, Kommissar Baumgartner, vor, der sich aber regelmäßig seiner zwei jungen Kollegen bediente, wenn es um Recherchearbeit ging. Inzwischen zählten zwölf tödliche „Unfälle", bei denen Menschen in die Tiefe gestürzt waren, zu der Akte, ohne dass man beim Täter weitergekommen war. Seit dem Vorfall in der Steingasse, bei dem der Maurer in den Tod gestürzt war, hatte es keine ähnlichen Vorfälle mehr gegeben. Moritz Bergers Nähe zu den alten, vorhergegangenen „Unfällen" konnte nicht belegt werden, vor allem weil sie zum Teil bereits Jahre zurücklagen. Dass sie überhaupt dieser Akte zugeordnet wurden, lag allerdings an der Gemeinsamkeit, die alle Opfer verband. Sie waren alles deutsche Staatsbürger, die eine Arbeits- oder Aufenthaltsgenehmigung hatten. Hierin musste man Moritz' Motiv suchen, wenn er der Mörder war. Aber von ihm fehlte jede Spur.

Der Tod seiner Mitbewohnerin oder Lebensgefährtin Elsa Wiesinger allerdings entsprach nicht diesem Muster, aber dafür hatten sie auch eine Erklärung gefunden.

Johann hatte bei Nachfragen im Meldeamt erfahren, dass Elsa Wiesinger wiederholt Listen mit deutschen Staatsbürgern angefertigt hatte mit der Begründung, ihr Mitbewohner suchte einen deutschen Freund. Wenn Moritz sie getötet hatte, dann verdichteten sich die Indizien, was das Motiv für die „Unfälle" anbetraf. Moritz hatte etwas gegen Deutsche. Was, das mussten sie noch herausfinden.

***

„Liebe Zuseher, ich begrüße Sie herzlich aus Zürich zur Fußballübertragung des Nachbarschaftsduells zwischen Österreich und der Tschechoslowakei!" Der Fernsehraum im nahegelegenen ehrwürdigen Nestroy-Gasthaus in der Weintraubengasse war bis zur letzten Ecke gefüllt mit Fußballfans, die die Spiele ihrer Heimmannschaft bei der Fußballweltmeisterschaft in der Schweiz sehen wollten.

Milos wusste nicht recht, mit wem er halten sollte, da er nicht gerade ein eingefleischter Fußballfan war. Aus heimatlichem Patriotismus hätte er nichts dagegen gehabt, dass Österreich verliert, aber im Grunde war es ihm egal. Er wollte einfach gefahrlos in der Menge eintauchen und unter Menschen sein. Seit er sein eigentliches, ursprüngliches, verschlagenes Hassobjekt entdeckt hatte, führte er nichts anderes im Sinn, als es zu finden und der gerechten Strafe zuzuführen. Nach der Arbeit, die er tatsächlich in einer kleinen Tischlerei gefunden hatte, wo er mittlerweile sogar selbst kleine Reparaturen an Möbeln vornehmen durfte, saß er stundenlang in seiner Wohnung vor einer Straßenkarte Wiens, die er nach einem eigenen

System aufgeteilt hatte, um systematisch nach seinem Urfeind zu suchen.

Die Fußballweltmeisterschaft, über die im *Kurier* und im Radio täglich berichtet wurde, war Hauptthema überall. Heute hatte ihn sein Schreinerchef gefragt, ob er bei ihm das große Nachbarschaftsduell sehen wolle. Er habe sich zu dieser Gelegenheit einen Fernseher zugelegt. Milos hatte dankend abgesagt. Er wollte nicht in die Verlegenheit kommen, Privates über sich preiszugeben. Er mochte den alten Gruber irgendwie und hätte es bedauert, ihn töten zu müssen. Insbesondere da dieser ihn darauf angesprochen hatte, ob Milos es nicht vorzöge, seine Anstellung zu melden. Da hätte ihm der Alte sogar mehr bezahlt. Aber Milos hatte auch hierzu dankend abgesagt mit einer fadenscheinigen Begründung. Es war ihm klar, dass Gruber ihm das nicht abgenommen hatte. Aber neun Jahre nach Kriegsende, sie befanden sich im Jahre 1954, gab es noch so viele unglückliche Existenzen, die an ihrer Vergangenheit knabberten, dass es nicht üblich war, zu viele Fragen zu stellen. So wusste Milos, dass er im Augenblick beim alten Schreiner noch sicher war.

Kaum hatte er sich in dem Gedränge einen brauchbaren Stehplatz ergattert, fragte ihn sein Nebenmann: „Na, auch aufgeregt? Ich konnte die letzte Nacht nicht schlafen. Musste die ganze Zeit an das Spiel heute denken und habe mir sogar Angriffszüge ausgemalt, wie wir die Tschechoslowaken besiegen können." Er kaute nervös auf einem Kaugummi herum und bot Milos eins an. Dieser erkannte sofort die amerikanische Marke *Jucy Fruit*, die man nicht überall erhielt. Für so etwas gab er normalerweise sein Geld nicht aus und deshalb nahm er dankend an.

„Nein", erwiderte er, „ich bin nicht aufgeregt. Nur neugierig. Der Bessere soll gewinnen".

„Na na, sie gehören doch nicht zu den anderen, den Palatschinkenfressern, oder?" – rief der großzügige Spender und lachte laut auf.

„Die Ungarn sind das, du Idiot!" – dachte Milos und verspürte große Lust, ihm wegen dieser Beleidigung den Hals umzudrehen. Er lächelte aber und sagte: „Nein, nein, keine Angst. Ich bin schon für die Richtigen." Damit war das Gespräch beendet und Milos tat kaugummikauend so, als würde ihn ab jetzt nur noch das Fußballspiel interessieren.

Beim ersten Tor der Österreicher breitete sich ein unfassbarer Jubel im Raum aus und alle klatschten begeistert. Milos stellte fest, dass ALLE klatschten und deshalb tat er es auch, so als würde er auch begeistert sein. Beim zweiten Tor war der Jubel ungebrochen, wobei er überall ein selbstbewusstes Nicken feststellte, so als würden sie sagen: „Na, wir haben es doch gewusst!"

Beim dritten Tor für Österreich wurde nur noch selbstgefällig laut gelacht und man begann zu spekulieren, wie viele Tore sie den Tschechoslowaken noch einschenken würden. Milos schlich sich möglichst unauffällig hinaus. Er hatte genug gesehen. Diese Begeisterung war ihm fremd und selbst wenn die Tschechoslowakei gewonnen hätte, wäre er zu solch einem Jubel nicht im Stande gewesen. Er ging zur Praterstraße und wunderte sich zuerst, weshalb jetzt, gegen Abend, fast niemand zu sehen war. Aber dann fiel ihm der Grund sofort wieder ein.

Als er sich im Prater ein Paar Würstchen und eine Zuckerwatte gegönnt hatte, sah er eine Horde junger Leute einströmen, die sich lauthals über das Spiel unterhielten.

„Fünf zu Null! Wir werden Weltmeister! Glaubt mir!" – tönte ein Schreihals.

„Sei froh, dass du nicht allein bist, du Deliriumwanzn!" – sprach Milos vor sich hin und erneut machte sich eine abstrakte Mordlust bei ihm breit.

Es war Samstagabend und Milos war schlecht gelaunt. Eine bestimmte Spannung wuchs in ihm und er spürte, er musste sie entladen. Am besten an seinem Hassobjekt, aber er hatte ihn nicht mehr angetroffen. In dieser Lage war er vorher noch nicht gewesen. Er konnte bisher immer regelrecht genüsslich diese Entladung planen. Jetzt aber musste er es anders angehen. Das Fußballspiel vor dem Fernseher hatte hierbei nicht geholfen. Ganz im Gegenteil: Es hatte ihn zusätzlich frustriert.

So fing er an, die Damen, die im Prater spazierten, genauer zu beobachten. Manche gingen zu zweit, man sah es ihnen aber an, dass sie einzeln suchten …

Auf dem Weg zu seiner Wohnung verhandelten sie den Preis:

„50 Pudern und 100 das volle Programm".

„Ist mir zu teuer", gab Milos entschieden zurück.

„Na gut, 40 und 80, aber weiter gebe ich nicht nach!" – antwortete sie trotzig und blieb plötzlich stehen, um auf seine Reaktion zu warten.

„Jetzt stöll dich net so an", versuchte Milos sie mit Wiener Dialekt zu besänftigen. „Ist in Ordnung!"

„Ist es noch weit? Weshalb nehmen wir kein Taxi?" – fragte sie ungeduldig und ging Milos damit jetzt schon auf die Nerven.

„Sei jetzt stüll, wir sind gleich da!"

In der Wohnung angelangt, fragte sie erneut: „Was nun?"

Milos packte sie an den Schultern und drückte sie vor sich nieder: „Das volle Programm!"

„Geld zuerst!" – brachte sie gerade noch heraus, bevor er ihr Gesicht gänzlich an seinen Schoß drückte.

Milos ließ los, griff in die hintere Hosentasche, holte einen Packen Geld heraus und steckte es ihr vorne in die Bluse. Sie bemerkte, dass es wesentlich mehr als 80 Schillinge sein mussten, öffnete seinen Hosenschlitz bereitwillig, nahm sein erigiertes Glied heraus und begann es scheinbar leidenschaftlich mit dem Mund zu verwöhnen. Milos genoss es durchaus, aber die größere Befriedigung erfuhr er, als er ihr mit seinen kräftigen Händen die Kehle zudrückte. Sie öffnete noch einmal ihren Mund in dem Versuch zu atmen, bekam aber keine Luft und als er schließlich losließ, hauchte sie die, die sie noch hatte, mit einem letzten Seufzer aus.

***

Ein Rettungswagen, ein Polizeiauto und ein Boot der Wasserwacht. Die Frauenleiche war fast an derselben Stelle hängengeblieben wie die Leiche vor zwei Jahren. Und genau wie vor zwei Jahren hing ein Seil lose an einem Knöchel, ein Indiz dafür, dass sie ursprünglich damit umwickelt war.

„Hallo, weshalb fährt denn der Rettungswagen vor, wenn eine Wasserleiche gemeldet wird!?" – Inspektor Lechner fauchte den Fahrer regelrecht an. „Schaut's dass ihr wegkommt und Platz für den Leichenwagen macht!"

Der Fahrer zuckte mit den Schultern, murmelte etwas von „Vorschrift" und fuhr weg.

„Doktor Ebner? …", Lechner sah den Pathologen fragend an.

„Im Prinzip die gleichen Würgemale wie vor zwei Jahren, nur dass er sie dieses Mal von vorne erwürgt hat."

„Danke, Doktor! Ich glaube auch, dass es sich um denselben Täter handelt. Dieser Moritz Berger … Ich fahre ins Büro und rufe Baumgartner an. Schicken Sie ihm bitte auch einen Obduktionsbericht zu, sobald Sie ihn haben!"

„Geht in Ordnung, Kommissar!"

„Johann!" – rief Baumgartner in das Büro hinein, in dem Johann über seinen Akten brütete und sich gerade vornahm, den letzten Überfall im Juwelierladen in der Landstraßer Hauptstraße zu bearbeiten. Er teilte sich das Büro mit Inspektor Koller, der aber wegen eines seiner Fälle gerade unterwegs war. „Kommst du mal bitte? Ich brauche dich!"

„Soll ich Kaffee holen und ein paar belegte Semmeln?" – antwortete Johann, als er Baumgartners Zimmer betrat.

„Witzbold!" – gab Baumgartner gedankenverloren zurück. „Wie es aussieht, hat Moritz Berger wieder zugeschlagen."

„Schon wieder ein Deutscher?"

„Nein, schon wieder eine Frauenleiche."

Sie sahen sich vielsagend an in dem Sinne, dass sie überhaupt nichts verstanden. Was war denn los mit diesem Moritz Berger? Hatte er sich auf Frauenmorde „spezialisiert"? Aber wieso die Pause von zwei Jahren? Fragen und keine Antworten …

„Du weißt, was du zu tun hast?" – fragte Baumgartner rhetorisch.

„Ja, Chef", antwortete Johann, ging in sein Büro und fing an, die Polizeistationen flussaufwärts anzurufen.

***

„Wie sah der Mann aus, mit dem sie mitgegangen ist?" – fragte Johann.

„Groß", ... erwiderte sie und zögerte unsicher.

„Wie groß, etwa so wie ich?"

„Ja, etwa so wie Sie ... kräftig, dunkle Haare ..."

„Also etwa 1,80. Augenfarbe?"

„Ich glaube braun."

„Wie war er angezogen?"

„Graue Hose, hellblaues Hemd, schwarze Schuhe ..."

„Hut?"

„Kein Hut."

„Danke, das ist eine ganz gute Beschreibung. Ist Ihnen noch etwas Ungewöhnliches aufgefallen?"

„Ja, er bemühte sich recht ungeschickt Wienerisch zu sprechen. Ich glaube, es war eher ein Tscheche oder Pollacke."

Johann sah sie überrascht an. „Sind Sie sich da sicher?"

„Ja, mein ... mmh ... Freund ... ist Tscheche und so ist mir der Akzent vertraut.

„Und wo war Ihr ... Freund, als Martha mit dem Mann weggegangen ist? Er wacht doch normalerweise über euch, oder?"

Ihre Stimme verließ sie und sie war nahe daran zu weinen. Sie riss sich aber zusammen: „An diesem Tag wollten wir nicht anschaffen. Wir wollten es uns einfach im Prater gutgehen lassen. Aber Martha gefiel er und so machte sie ihm schöne Augen …" Sie schluchzte noch einmal und erklärte dann: „Sie wollte dieses Mal das ganze Geld behalten. Ich musste ihr versprechen, meinem … Freund nichts zu sagen. Habe mit ihm ganz schön Ärger bekommen, nachdem sie nicht mehr aufgetaucht ist."

„Hat er ihnen etwas angetan?"

„Nein, nein", antwortete sie rasch.

„Gut, dann bedanke ich mich. Sie haben mir geholfen."

„Aber gerne, Inspektor. Ich helfe, wo ich kann. Brauchen Sie vielleicht noch mehr Hilfe? Ich geb' Sie Ihnen gerne", fügte sie keck hinzu und lächelte Johann verführerisch an.

„Nein danke! Nehmen Sie sich in Acht! Ich könnte Sie dafür verhaften, dass Sie sich mir anbieten!"

„Aber Inspektor, das würden Sie doch nicht übers Herz bringen, oder?"

„Unverbesserlich", dachte sich Johann. „Diese Damen leben gefährlicher, als es ihnen bewusst ist."

„Doch, das würde ich, habe es aber jetzt zu ihrem Glück nicht vor", erwiderte Johann mit strenger Stimme. Eine Frage fiel ihm noch ein: „Wissen Sie, ob Marthas Mutter immer noch in Hütteldorf wohnt?"

„Ich glaube schon", antwortete Sylvie, wie sie sich nannte. Johann war sich sicher, dass dies nicht ihr richtiger Name war. Sie hatte aber unter diesem Namen die Vermisstenmeldung abgegeben und sich unter demselben beim Meldeamt eingetragen. Martha war in die gemeinsame Wohnung in der Haidgasse nicht zurückgekehrt. Die Wohnung war klein. Sie bestand aus nur einem Zimmer mit einer geräumigen Wohnküche, durch einen Vorhang getrennt. Darin befand sich das zweite Bett. Johann

war sich sicher, dass dies das „Sicherheitskonzept" darstellte. Es hätte ihn nicht gewundert, wenn bei Männer-
besuch der Zuhälter in der Küche weilte. Jedenfalls war
das sicherer, als in fremde Wohnungen mitzugehen.

Und in der Tat, als er die Wohnung verließ, trat schon
ganz offensichtlich der … Freund ein. Er hielt einen
Schlüssel in der Hand und schaute Johann verblüfft an.

„Habe die Ehre", grüßte Johann und lächelte im Vorbeigehen vor sich hin. Er wusste, er hatte gerade etwas
übertrieben.

„Chef", platzte Johann in das Büro Baumgartners rein.
„Ich hab' eine neue Information über Moritz Berger! Er
ist offenbar Tscheche oder Pole. Das zumindest behaup-
tet die Zimmergenossin des Opfers und ich glaube ihr.
Ihr Zuhälter ist Tscheche und sie hat einen ähnlichen
Akzent bei Moritz Berger bemerkt."

„Wenn es Moritz Berger war", fiel ihm Baumgartner ins
Wort.

„Natürlich. Das ist mir bewusst", gab Johann schon fast
etwas gekränkt zurück. Sein Chef müsste längst wissen,
dass er sehr scharfsinnig kombinieren konnte.

Dass ihm bei der Beschreibung des Täters noch etwas
anderes aufgefallen war, berichtete er Baumgartner vorerst nicht. Denn als er erfuhr, dass der Verdächtige
Tscheche war oder Pole – das Wort Tscheche blieb tief
haften – spürte er einen kalten Schauer im Nacken: Die
Beschreibung des Mannes passte nämlich haargenau zu
dem Mann im Riesenrad vor zwei Jahren! Er wusste noch
nicht, was er mit dieser Information anfangen sollte. Aber
Johann ahnte, dass es etwas bedeutete. Er hatte in seinem
neuen Beruf gelernt, vorsichtig Schlüsse zu ziehen. Aber

irgendwann sprachen die Fakten eine eindeutige Sprache ... Und dennoch, das musste er noch gründlich klären! Es gab nur eine Schwierigkeit. Baumgartner gab die Akte nicht aus der Hand. Er war schon fast besessen davon und brütete jeden Tag eine Zeitlang darin. Die Recherchen durften freilich seine jungen Kollegen machen. Johann war sich dieses Mal sicher, dass der Fall eine Wende nahm. Niemand hatte vorher etwas über Moritz' Akzent gesagt. Vielleicht gab es auch keinen! Dann war nicht Moritz der letzte Täter. Dann war der Mörder ... wer ... der Tscheche? Aber die letzte Frauenleiche war genauso verschnürt gewesen wie Elsa Wiesingers Leiche. Und da war mit Sicherheit Moritz der Täter! Was ist die vernünftigste Erklärung? Er hatte gelernt, dass von allen möglichen Erklärungen in einer wissenschaftlichen Frage die einfachste dazu neigt, die richtige zu sein. Und Kriminalistik war eine Wissenschaft. Es zählten nur Fakten.

Johann beschloss, einen Weg zu finden, enger mit Baumgartner an diesem Fall zu arbeiten, Fakten zu sammeln und wenn es soweit war, würde er ihm seinen Verdacht offenbaren.

***

„Johann! Was machst du so früh da! Durftest du heute schon Schluss machen?" Aus Johannas Stimme klang Verwunderung aber auch freudige Überraschung. Sie saß gerade über einem Kostüm, das sie im Auftrag der Schneiderei änderte.

Johann hatte Baumgartner gebeten, den Polizeiwagen nehmen zu dürfen, da er auf den drei Stationen, die sie direkt mit Moritz Berger in Verbindung bringen konnten, nach dessen Akzent fragen wollte. Während der Polizei-schule hatte Johann den Führerschein gemacht und Autofahren war seine nächste Leidenschaft geworden. Irgendwann – bald – würde er auch ein Auto kaufen. Außer Baumgartner hatte aber niemand auf dem Kommissariat ein Privatauto und Johann wusste, er musste da eine gewisse Reihenfolge einhalten. Zuerst war Koller dran. Er hatte ihn schon vorsichtig danach gefragt, aber zu seinem Leidwesen schien das nicht in dessen näheren Plänen zu liegen.

Verwirrenderweise erhielt er bei seiner Recherche wi-dersprüchliche Informationen. In seiner alten Baufirma hatte er zufällig seinen alten Capo angetroffen, der sich sehr über das Wiedersehen gefreut hatte: „Schau dich an, Johann, was aus dir geworden ist! Wenn du als Kommissar genauso gut bist wie als Eisenbieger, dann gratuliere ich der Polizei!" Er umarmte ihn, was er auf der Baustelle niemals getan hatte – im Gegenteil, dort wirkte er eher kurz angebunden. Johann hatte nie das Gefühl der Wertschätzung durch ihn erfahren. Trotzdem freute er sich über diese herzliche Begrüßung und fand in der Tat heraus, dass Moritz einen gewissen Akzent nicht verbergen konnte trotz des Wiener Dialekts, den er bemühte. Auch der Capo stufte den Akzent als Tschechisch ein.

Im Pribitzer Hotel konnte man sich nicht mehr genau erinnern, aber der Portier, der sich mit Moritz die Schicht geteilt hatte, bestätigte Johann, einen gewissen Akzent bemerkt zu haben.

Die verwirrende Information kam von Moritz Bergers ehemaligem Nachbar, der erstens nicht glauben konnte, dass der die alte Nachbarin in den Tod gestoßen hatte und entrüstet antwortete: „Wo denken Sie denn hin!

Einen echteren Wiener als den Berger habe ich nicht gekannt!" Allerdings räumte er ein, dass er ihm ab einem bestimmten Zeitpunkt nunmehr sehr selten begegnet war und von ihm dann auch nicht mehr gegrüßt wurde. „Die Menschen ändern sich halt", war seine Erklärung.

Johann saß noch lange in dem dunkelgrauen VW Käfer, das neuere Modell mit Außenspiegel und Blinker, und sinnierte über die erhaltenen Informationen. Sie waren sich so sicher gewesen, dass die alte Nachbarin ein Opfer Bergers gewesen war! Aber jetzt musste er erfahren, dass Berger ein echter Wiener war, der NIEMALS die alte Frau getötet hätte. Irgendetwas stimmte nicht. Wer hatte sie dann getötet? War es doch ein Unfall gewesen? Wer war Berger? War es ein und derselbe Mann? Oder gab es zwei verschiedene Berger? Aber die alte Frau musste die Verbindung sein!

Sein Kopf brummte. Er spürte, dass es eine Erklärung gab, konnte seine Gedanken aber nicht ordnen. Jedenfalls erwachte der langsam vergessene Horror wieder. Das ständige Über-die-Schulter-Schauen würde seinen Alltag wieder bestimmen. Er musste hier alsbald Klarheit schaffen und mit Baumgartner reden. Sollte sich sein Verdacht bestätigen, so würde er beantragen, seine Waffe ständig tragen zu dürfen.

Auf der anderen Seite durfte er es nicht zulassen, dass sein Leben nur von Sorge und Angst bestimmt wird. So entschied er sich, nach Hause zu fahren und mit Johanna einen Ausflug zu machen. Nicht zu weit, sonst würde Baumgartner anhand der gefahrenen Kilometer etwas merken. Nur bis zum nahegelegenen Prater. Auch um anzugeben. Um zu erfahren, wie es sich anfühlte, Johanna in einem Auto zu kutschieren.

Johanna war von der Fahrt sehr angetan. Johann hatte ihr schon seit längerem seinen Traum, ein Auto zu kaufen, verraten und sie hatte zu dem Zeitpunkt nicht gerade begeistert reagiert. Sie hatten bereits beträchtliche monatliche Ausgaben. Neben der Hypothek für die Wohnung mussten sie noch Ratenzahlungen für die Möbel ableisten. Am Prater angekommen, stieg sie mit einem Lächeln aus dem Auto. In diesem Augenblick entschied sie, nichts mehr gegen Johanns Autopläne zu sagen. Sie würde ihm seinen Willen lassen.

Sie liefen vergnügt vom nahegelegenen Parkplatz im Norden des Freizeitparks zum Riesenrad. Johanna wollte gerne nochmal damit fahren. Er hatte in den letzten zwei Jahren immer wieder diesen Wunsch abgeblockt. Manchmal hatte sie sich darüber gewundert und war sogar verärgert. Dann wurde Johann still und nichts bewog ihn, weiter darüber zu reden. Heute wollte er ihr mit diesem überraschenden Praterbesuch eine Freude machen. Und sich selbst ablenken. Und in der Tat, er vergaß über Johannas Freude, was ihn beschäftigte.

Es war nachmittags und bereits einiges los im Prater. Gemächlichen Schrittes schlenderten die Besucher in alle Richtungen. Im Vorbeigehen bemerkte Johann einen Blick, der ihn verfolgte, und bevor es ihm richtig bewusst wurde, dass er dieses Gesicht kannte, hörte er hinter sich ausrufen:

„Johann, bist du das!?"

Johann drehte sich um. Diese Stimme! Und dieser Akzent!

„Istvan!" – rief er aus. „Kann das denn wahr sein!?"

Spontan, ohne lange zu überlegen, gingen sie aufeinander zu und umarmten sich. Istvan packte ihn mit beiden

Händen an den Schultern und rüttelte ihn leicht: „Gut schaust' aus!" Seine Freude war schier überschwänglich. Er wandte seinen Blick zu Johanna und lächelte: „Es geht dir gut, wie ich sehe!" Mit einer leichten Verbeugung nahm er ihre Hand und führte sie ansatzweise zum Mund: „Küss die Hand, Gnädigste!"

„Darf ich dir meine Verlobte, Johanna, vorstellen?" – reagierte Johann lächelnd und schaute anschließend Istvans weibliche Begleitung an in Erwartung ihrer Vorstellung.

„Darf ich vorstellen? – meine liebe Frau Noémi."

Johann verbeugte sich ebenfalls und begrüßte sie mit Handkuss.

„Angenehm", erwiderte Noémi.

Johanna dachte nach. Ja, den Namen Istvan hatte sie schon gehört und dann fiel ihr ein: Es war der Lokomotivführer, der Johann nach Österreich eingeschleust hatte. Die Geschichte war ihr bekannt und sie konnte die Freude der beiden nachvollziehen.

„Was haltet ihr von einer Fahrt im Riesenrad?" – fragte Johann, dem es bewusst war, dass sie nicht allzu lange Zeit hatten für ihren Ausflug in den Prater.

„Oh, da kommen wir gerade her. Aber wir warten gerne auf euch und dann gehen wir einen Kaffee trinken."

Johann zögerte einen Augenblick. Die Zeit brannte unter seinen Nägeln. „Istvan, lass uns ein anderes Mal treffen. Ich muss nachher dringend wieder zur Arbeit."

„Was arbeitest du denn?"

„Ich arbeite im Kommissariat Landgraben, bin Inspektoraspirant. Und du?"

„Meine Hochachtung, Johann! Bin richtig stolz auf dich! Gut, dass ich dich seinerzeit als Heizer angestellt habe!" – lachte Istvan und schlug Johann anerkennend seitlich an den Arm. „Ich bin immer noch Lokführer, dieses Mal bei der österreichischen Bundesbahn. Könnte dich immer noch als Heizer gebrauchen. Es herrscht immer noch Mangel ... Also sag, wann sehen wir uns wieder?"

„Lass uns am kommenden Sonntag um 14 Uhr hier an der gleichen Stelle treffen!" – schlug Johann vor.

„In Ordnung, habe von Samstag auf Sonntag Nachtschicht aus Salzburg kommend. Kann noch gut ausschlafen. Dann sehen wir uns am Sonntag. Macht's gut!"

„Auf Wiedersehen, Istvan!"

„Pa pa", ergänzte Johanna mit dem typischen Wiener Abschiedsgruß.

Sie trennten sich und während Johann mit Johanna zum Riesenrad ging, bemerkte er nicht, wie ein anderes Augenpaar sie verfolgte. Es verfolgte aber nicht nur die beiden, sondern auch das andere Paar. Die Männer hatten sich umarmt, waren offensichtlich gute Freunde.

***

Aus Salzburg kommend, näherte sich der Güterzug langsam Hütteldorf, wo er seine Ladung löschen würde. Er fuhr in den Güterbereich des Bahnhofs ein und hielt nicht gerade vorschriftsmäßig viel zu früh an. Es war Sonntag früh, 5 Uhr, und der Bahnhofsvorsteher bemerkte den falschen Haltevorgang des Güterzugs erst einmal nicht. Normalerweise kam Istvan umgehend in sein Büro, um sich das Fahrtenbuch abstempeln zu lassen. Als nach gut einer Stunde, in der der Stationschef unauffällig vor sich hingedöst hatte, noch kein Istvan erschienen war, raffte

er sich auf von seinem unbequemen Stuhl, der ihn eigentlich daran hindern sollte einzuschlafen. Aber selbst im
Halbschlaf wusste er genau, was er zu tun hatte. Also ging
er hinaus und die Kinnlade fiel ihm herab: „Was zum
Teufel … Istvan … was ist los, verdammt!"

Die letzten Waggons ragten an der Einfahrt in den
Bahnhof zu weit hinaus, sodass ein nachfolgender Zug
die Gleise nicht wechseln könnte und unweigerlich in den
Güterzug hineinfahren würde! Sofort lief er wieder in die
Station und stellte die Signale für die Züge aus St. Pölten
auf Rot. Dann lief er zur Lok. „Istvan!" – rief er, so laut
er konnte, aber er ahnte, dass es vergeblich war und dass
etwas passiert sein musste. Er nahm an, Istvan sei bei der
Einfahrt aus irgendeinem Grund ohnmächtig geworden
und der Heizer habe den Zug ungeschickt zum Stehen
gebracht. Aber der Führerstand war leer. Kein Istvan und
kein Heizer. So lief er zurück zur Station. Zwei Anrufe
musste er tätigen. Die Polizei anrufen und die Bundes-
bahn-Zentrale, die ihm schleunigst einen Lokführer schicken musste, damit der den Zug in die richtige Stellung
brachte. Er selbst kannte sich mit der Lok nicht aus. Er
war Verwaltungsbeamter.

„Guten Tag, Noémi, ganz allein heute? Wo ist Istvan?"
– fragte Johann etwas verwundert.

„Weiß ich nicht", antwortete Noémi und Johann bemerkte ihre Angespanntheit. Plötzlich konnte sie nicht
mehr an sich halten und begann zu weinen. Sie stand da,
schluchzend und wirkte verzweifelt … Johanna nahm sie
spontan in den Arm und hielt sie fest. Nachdem sie sich
etwas beruhigt hatte, erklärte sie: „Das war bisher nie der
Fall. Noch nie hat er sich so verspätet. Höchstens zwei

bis drei Stunden und dann hat er bei unseren Nachbarn telefonisch Bescheid gegeben. Als bis 12 Uhr nichts kam, habe ich von ihnen aus im Bahnhof Hütteldorf angerufen. Nach mehrmaligen Versuchen bin ich durchgekommen und man sagte mir, der … Zug … sei ohne ihn … angekommen." Unter heftigem Schluchzen brachte sie den Satz gerade noch heraus.

„Das ist aber merkwürdig", erwiderte Johann. „Vielleicht ist er in Salzburg oder unterwegs krank geworden und jemand hat ihn ersetzt."

„Dann hätte er angerufen! Ganz bestimmt!" – war sich Noémi sicher.

„Ich gehe der Sache mal nach. Setzt euch dorthin auf die Bank, ich komme gleich wieder!" – sprach Johann beruhigend auf sie ein und machte sich auf den Weg zum Münztelefon am Pratereingang.

„Polizeiinspektion Linzer Straße, bitte! Hier Inspektoraspirant Maurer." Nach ein paar Schaltungen, die Johann im Hörer vernahm, meldete sich eine gemütliche Stimme im Schlafwagentempo: „Polizeiinspektion Linzer Straße, Inspektor Georgi. Was kann ich für Sie tun?"

„Heute ist im Hütteldorfer Bahnhof der Lokführer eines Güterzugs nicht angekommen. Wissen Sie etwas darüber?"

„Habe davon gehört. Weiß nur, dass der Zug wie von Geisterhand ohne Lokführer und Heizer im Bahnhof nicht richtig zum Stehen gekommen ist. Chefinspektor Möbius ist unterwegs und untersucht den Fall."

„Können Sie ihm bitte ausrichten, dass Kriminalkommissar Inspektoraspirant Maurer ihn darum bittet, im Kommissariat Landgraben anzurufen, wenn er zurück ist? Ich habe ein dienstliches Interesse an diesem Fall."

„Geht in Ordnung, Herr Maurer!"

„Vielen Dank", erwiderte Johann und hängte den Hörer gedankenverloren auf.

Er ging zurück zu den beiden Frauen, begleitete sie zu ihrer Wohnung in der Unteren Donaustraße, wo Johanna sich um Noémi kümmern sollte, bis er Neues erfuhr. Danach eilte er in das Kommissariat.

***

Sie hatten vor 10 Minuten den Bahnhof von St. Pölten durchfahren. Es war 4 Uhr am Morgen und in circa einer Stunde würden sie den Güterbahnhof Hütteldorf erreichen. Istvan verspürte eine gewisse Müdigkeit, was um diese Uhrzeit, wenn die Nacht langsam vom Tag abgelöst wurde, normal war. Er war das gewohnt und was gut half, war, den Kopf am geöffneten Seitenfenster ab und zu in den Fahrtwind zu halten. Das Wäldchen südlich der Bahngleise bei Pengersdorf duftete erfrischend und kündigte die herrliche Fahrt durch den Wienerwald an.

Das Letzte, was Istvan vernahm, war der plötzliche dumpfe Schmerz am Hinterkopf, danach einfach NICHTS.

Dass durch die Wucht des Schlages sein Genick brach, sein Körper anschließend vom Führerstand hinausgestoßen wurde und in das sich ganz nahe an den Gleisen befindliche Wäldchen rollte, spürte er nicht mehr. Er war schlicht und einfach tot.

„Hier Inspektoraspirant Maurer."

„Guten Tag, Herr Maurer. Hier Chefinspektor Möbius. Sie wollten mich sprechen. Darf ich fragen, welches dienstliche Interesse Sie an diesem Vorfall haben?"

„Ich kenne den vermissten Lokführer persönlich und wollte …"

„Das ist aber nicht dienstlich", unterbrach ihn Möbius.

„Sieht so aus, aber ich versichere Ihnen, es ist auch dienstlich. Das ist eine lange Geschichte und ich bitte Sie, mir hier zu vertrauen. Ich verspreche Ihnen, dass ich mich nicht in Ihre Ermittlungen einmische, und wenn sich herausstellt, dass der dienstliche Zusammenhang faktisch gegeben ist, erkläre ich Ihnen alles."

Johann hörte regelrecht das Zögern Möbius' in dessen Schweigen, der aber nach kurzer Besinnung berichtete:

„Die Gleisarbeiter haben heute in der Nähe des Pengersdorfer Bahnhofs neben den Gleisen eine Leiche gefunden. Wir können noch nicht sagen, ob es sich um den Heizer, der auch vermisst wird, oder um den Lokführer handelt. Die Leiche wurde inzwischen in die Pathologie nach Hietzing gebracht. Über den Heizer haben wir noch keine Unterlagen. Das wird noch geprüft. Der Lokführer heißt Istvan Fekete. Wir haben seine Frau Noémi noch nicht erreicht. Sie müsste ihn identifizieren, falls es sich um ihren Mann handelt."

„Ich kenne sie", unterbrach ihn Johann. Ich werde dafür sorgen, dass sie zur Pathologie kommt. Bin befugt, die Identifikation zu veranlassen. Ich melde Ihnen anschließend das Ergebnis. Dann ersparen Sie sich den Gang dorthin. Einverstanden?"

„Natürlich", entgegnete Möbius. „Vielen Dank!"

„Gerne", gab Johann zurück. „Ich wäre Ihnen dankbar, wenn wir bezüglich dieses Falles in Verbindung bleiben."

„Geht in Ordnung. Auf Wiederhören!"

„Auf Wiederhören. Habe die Ehre!"

Johann spürte, wie sein Herz pochte. Hoffentlich war es nicht Istvan. Aber wo war er dann? Wenn der Tote der Heizer war, dann könnte Istvan noch am Leben sein. Oder lag seine Leiche auch irgendwo und wurde nur noch nicht gefunden? Voller Sorge machte er sich auf den Weg nach Hause. Wie sollte er die Lage Noémi beibringen? Auf der Polizeischule hatte er gelernt, wie man solche Nachrichten den nahen Verwandten vermittelte, aber seinen eigenen Freunden? Mit einem tiefen Seufzer verließ er das Kommissariat.

„Nein, nein, nein, nein!" Noémi brach zusammen, als Istvans Leiche aufgedeckt wurde. Sein Kopf lag auf einer Art Kissen. Johann wusste sofort, weshalb. Der Hinterkopf war breiter als normal und man wollte es der identifizierenden Person nicht zu schwer machen. Das Ausmaß der tödlichen Verletzung wurde nicht zur Schau gestellt. Johanna war mitgekommen, Johann hatte sie dem Leichenbeschauer gegenüber als Noémis Schwester ausgegeben, denn er wusste, Istvans Frau würde intensiven Trost brauchen.

Ein kurzes Gespräch mit dem Pathologen bestätigte Johanns Verdacht. Die fürchterliche Kopfverletzung kam nicht von einem etwaigen Sturz aus dem Zug, sondern von einem wuchtigen Schlag mit einem harten flachen Gegenstand. Auf die Frage Johanns, ob eine Schaufel das Tatwerkzeug sein könnte, wurde dies ohne Bedenken bejaht. Die übermäßig vielen Knochenbrüche sprachen auch dafür, dass der Körper beim Sturz aus dem Zug keine Spannung mehr hatte. Stürzt man bei vollem Bewusstsein aus einem fahrenden Zug, kann man sich einiges brechen, aber durch die Muskelanspannung nicht so viel wie Istvan.

Langsam klärte sich in Johanns Kopf das Bild des Verbrechens. Es gab zwei Möglichkeiten: Entweder tötete der Heizer den Lokführer oder eine dritte Person brachte beide um. Einer hat den Zug jedenfalls bis Hütteldorf gefahren und ist dort verschwunden. Ein ungutes Gefühl beschlich ihn trotzdem. Irgendwie konnte er diesen Vorfall nicht ganz sachlich betrachten. Weshalb Istvan? Weshalb der Mann, den er so überraschend nach so vielen Jahren wiedergesehen hatte? Er musste den Zusammenhang finden, falls es einen gab. Denn er durfte bei den Ermittlungen nicht mitmachen. Er war persönlich betroffen. Würde Johann einen Zusammenhang mit seiner Person entdecken, würde das dem ermittelnden Kommissar weiterhelfen.

Als sie wieder zu Hause ankamen, war es schon Abend und es wurde langsam dunkel. Sie hatten in Hietzing ein Taxi genommen. Noémi saß die ganze Zeit still in sich versunken da und schien nicht ansprechbar. In der Wohnung fragte Johanna, ob Noémi ein paar Tage bei ihnen bleiben wolle. Noémi nahm dankend an und Johann nickte Johanna zu.

„Weiß man etwas vom Heizer, diesem Herrn Geiger?" – fragte Noémi plötzlich und Johann erstarrte fast vor Schreck.

„Welcher Heizer, welcher Herr Geiger?" – erwiderte er ungläubig.

„Na der Mann, der uns letztens im Prater angesprochen hat und dem Istvan die Stelle als Heizer in seinem Güterzug verschafft hat."

Johann sah sie verblüfft an: „Erzähl mir von dieser Person!"

Und so erzählte ihm Noémi von dem Mann, der sie sehr freundlich angesprochen hatte und sich sofort darüber beschwerte, dass es gegenwärtig so schwer sei, Arbeit zu finden. Anfangs dachte sie, er würde sie belästigen, aber Istvan sei so ein Gutmensch und habe ihn angehört. Dann gingen sie ins *Schweizerhaus* und Istvan spendierte eine große „Stöizn" für drei Personen. Im Laufe des angeregten Gesprächs, in dem der Fremde Istvan zu den hervorragenden Ergebnissen der ungarischen Fußballmannschaft bei den Weltmeisterschaften in der Schweiz gratulierte, fragte Istvan den Fremden, ob er bereit sei, die harte Arbeit als Heizer auf einem Güterzug zu verrichten. Der Fremde sei sofort Feuer und Flamme gewesen und so verabredeten sie sich für den nächsten Tag am Bahnhof Hütteldorf, wo Istvan den Herrn Geiger vermitteln wollte. Von Salzburg aus hatte er dann angerufen und erzählt, dass Herr Geiger gleich als sein Heizer mitgefahren sei.

Johanna kam mit den belegten Schnitten aus der Küche und sah, wie sich Johann an den Kopf fasste und seine Stirn nervös rieb.

„Wie sah dieser Herr Geiger aus?" – fragte Johann und sein Herz stockte erneut in Erwartung dieser Antwort.

„Groß, kräftig, dunkle Haare ..."

„Wie war er angezogen?"

„Graue Hose, dunkelblaues Hemd, schwarze Schuhe."

„Hut?"

„Kein Hut."

„Ist dir sonst noch etwas an ihm aufgefallen, an der Art wie er sprach?"

„Ja, in der Tat, er hatte einen leichten Akzent und versuchte dennoch wienerisch zu klingen."

„Vielleicht tschechisch?" – fragte Johann, wobei er genau wusste, dass dies nicht die richtige Fragetechnik war, aber er war innerlich äußerst aufgeregt.

„Ich glaube schon, ja … tschechisch", antwortete Noémi.

„Unglaublich!" – rief Johann aus. Instinktiv wollte er sich gleich auf den Weg zum Revier machen und mit Möbius Kontakt aufnehmen, aber dann fiel ihm ein, dass es Sonntagabend war und er bis zum nächsten Tag warten musste.

Die Nacht über konnte er nicht schlafen. Zu viel ging ihm durch den Kopf, aber das Bild wurde auch immer klarer. So viele Zufälle! Das gab es nicht! Der Mann mit dem tschechischen Akzent konnte nur Moritz Berger sein. Dass er sich jetzt Geiger nannte, überraschte Johann nicht. Baumgartner hatte den Fahndungsaufruf seinerzeit auch im Radio durchgeben lassen. Mehrmals wurde in der samstäglichen Abendsendung „Der Kommissar berichtet" über Moritz Berger gesprochen, der vermutlich zwölf Menschen in den Tod gestürzt hatte. Ärgerlicherweise hatten sie auf Grund dieser Radioberichte nicht einen einzigen brauchbaren Hinweis zu Moritz Berger erhalten. Bei der ersten Begegnung mit wahrscheinlich diesem Berger im Riesenrad war Johann ja auch nicht aufgefallen, dass Bergers Beschreibung auf diesen Mann zutraf. Nein, aus der Bevölkerung durften sie keinen Hinweis mehr erwarten. Und den Namen konnten sie auch vergessen. Jetzt hieß er Geiger … Wer weiß wie lange noch.

Am nächsten Morgen nahm er sofort telefonisch Kontakt mit Kommissar Möbius auf und berichtete ihm von den neuen Erkenntnissen. Möbius, seinerseits, hatte von dem Stationsvorsteher bereits erfahren, dass Istvan einen gewissen Herr Geiger vorgestellt hatte, der sich um eine Stelle als Heizer bewerben wollte. Da der vorgesehene Heizer nicht erschienen war, wurde dieser Herr Geiger kurzerhand mit auf die Fahrt geschickt, nachdem Istvan damit einverstanden war, ihn diesbezüglich unterwegs zu instruieren. Leider war die Zeit so knapp gewesen, dass man keine weiteren Unterlagen von Herrn Geiger hatte. Der Anstellungsvertrag sollte nach seiner Rückkehr unterschrieben werden.

„Wenn ich richtig vermute, Herr Möbius, werden wir möglicherweise eine weitere Leiche finden …"

„Der Streckenabschnitt ab St. Pölten wird bereits nach einer weiteren Leiche abgesucht. Vielleicht finden wir den Heizer", gab Möbius etwas pikiert zurück.

„Nicht _der_ Heizer, Herr Möbius. _Der_, der ursprünglich hätte fahren sollen", erwiderte Johann, ohne auf die empfindliche Reaktion Möbius' zu achten.

„Wie kommen Sie denn _darauf_!?" – stieß Möbius überrascht aus.

„Dieser Mord passt zu dem Verdächtigen, von dem ich Ihnen vorhin berichtet habe. Für mich besteht kein Zweifel daran. Wir haben den schon lange im Visier. Über zwei Jahre. Darüber hinaus hat es dieser mutmaßliche Täter auf mich persönlich abgesehen. Es scheint, als habe er Herrn Fekete getötet, weil der ein guter Bekannter von mir war. Das meinte ich damit, als ich sagte, ich hätte sowohl ein dienstliches als auch persönliches Interesse an dem Fall. Ich bin mir sicher, er hat alles genau geplant. Dazu gehörte, den ursprünglichen Heizer auszuschalten, damit er mit Herrn Fekete mitfahren konnte."

„Das ist aber ein Ding!" – reagierte Möbius verblüfft. „Wie geht es nun weiter? Sie können an dem Fall nicht dranbleiben, wenn Sie sagen, Sie seien persönlich betroffen. Soll ich den Fall gänzlich übernehmen?"

„Ich fürchte, das geht nicht. Chefinspektor Baumgartner aus unserem Kommissariat betrachtet den Fall als seine höchstpersönliche Zuständigkeit. – Ich möchte Sie eher darum bitten, diesen Fall abzugeben und Ihre Ermittlungsergebnisse Kommissar Baumgartner zu überlassen. Ich informiere Sie selbstverständlich über den Stand der Dinge."

„Wenn ich den Fall abgebe, will ich auch nichts mehr davon wissen, Herr Maurer." Johann fiel auf, dass diese Bemerkung nicht verärgert daherkam, sondern rein pragmatisch.

„Ist es also für Sie in Ordnung, den Fall an unser Revier abzugeben"?

„In Ordnung", antwortete Möbius, ohne zu zögern. „Ich melde mich bei Baumgartner. Und Sie, Sie nehmen sich in Acht vor diesem Täter! Einverstanden?"

„Einverstanden, Chefinspektor! Und vielen Dank!" Johann dachte noch eine Weile über die professionelle Einstellung dieses Kommissars nach. Wieder ein kleines Puzzlestück in dem Tableau, betitelt: „Was macht einen guten Kommissar aus."

„Johann, wir müssen reden!" Baumgartner stürzte in das Büro und setzte sich auf den Stuhl vor Johanns Schreibtisch, der für gewöhnlich den Zeugen oder Verdächtigen, die zum Gespräch oder Verhör geladen wurden, vorbehalten war. Koller duckte sich in Baumgartners Rücken, so als würde er Johann signalisieren, es sei an der Zeit unterzutauchen. „Kommissar Möbius von der Linzer Straße hat mir einen Fall aufgehalst mit der Begründung, er gehöre zu einem meiner Fälle und du wüsstest Bescheid!"

„Das stimmt", entgegnete Johann.

„Ich höre …"

Johann wusste, der Augenblick war gekommen, seinem Chef alles zu berichten, was er in letzter Zeit erfahren hatte, vor allem die Tatsache, dass Moritz Berger wohl auch der Mann sei, der ihn verfolgte. „Wollen wir nicht in Ihr Büro gehen, Chef?"

„Nein, ich sitze gut hier!" – gab Baumgartner immer noch recht aggressiv zurück.

„Na gut … Kurz gesagt, der mutmaßliche Täter in Kommissar Möbius' Fall ist ebenfalls Moritz Berger." Johann wartete einen Augenblick, um die Wirkung seiner Worte zu sehen. Statt eines erneuten Wutausbruchs entspannte sich jedoch Baumgartners Miene. Johann hätte zwar vor einer weiteren verärgerten Reaktion seines Chefs keine Angst gehabt, denn richtig böse war Baumgartner nie. Und schon gar nicht nachtragend. Johann hatte erkannt, dass dieses Verhalten seines Chefs zur Ausbildung gehörte. Als Chefinspektor wollte er nicht immer nett sein. Er wollte klarstellen, dass in erster Linie Leistung zählte. Aber dieses milde Umschwenken überraschte Johann dennoch und er erkannte eher instinktiv

als bewusst, dass der Chefinspektor Johanns Urteilsver-
mögen doch traute.

„Na dann, erzähl mal …" Baumgartner nahm eine
entspannte Haltung ein, faltete seine Hände über den gut
ernährten Bauch zusammen und sah Johann ruhig an.

„Ich trage erst einmal die Fakten zusammen", begann
Johann: „Sie erinnern sich bestimmt an meinen Bericht
über den tschechischen Akzent des Täters im Falle der
Prostituierten Martha …"

„Oder polnisch …", unterbrach ihn Baumgartner.

Johann lächelte, denn nichts anderes hatte er von seinem Chef erwartet, als dass sich der an alles erinnerte, was
man ihm berichtete. So fuhr er fort: „Inzwischen steht
nach mehreren Befragungen fest, dass der Akzent tschechisch ist. Und da Elsa Wiesinger und Martha von ein und
demselben Mann getötet wurden – Untersuchungen
haben das inzwischen bewiesen, so handelte es sich um
Teile desselben Seils, mit dem ihre Leichen zusammen-
gebunden waren – müssen wir davon ausgehen, dass
Moritz Berger tschechischer Herkunft ist." Johann sah
seinen Chef kurz an und dessen Nicken ließ ihn fort-
fahren: „Was ich Ihnen noch nicht erzählt habe, Chef, ist,
dass die Beschreibung dieses Mannes, die ich von dieser
„Sylvie" erhalten habe, voll auf den Mann zutrifft, der
mich im Riesenrad verfolgt hat. Abgesehen von der
heutigen Kleidung, trifft sie auch auf den Mann zu, der
mich in Tschechien seinerzeit töten wollte."

„Aber du hast doch mit ihm auf der Baustelle in der
Steingasse gearbeitet. Hast du ihn da nicht erkannt? Und
wieso hat er dich nicht erkannt? Er hätte dich statt diesen
Maurer Schuster töten können … Ich meine, du hättest
das Opfer sein können", verbesserte sich Baumgartner.

„Ich habe Ihnen damals schon gesagt, dass wir uns niemals von Nahem gesehen haben. Wir waren aneinander nicht interessiert und hatten keine Berührungspunkte auf der Baustelle. Er war Hilfs- und ich Facharbeiter. Selbst in den Arbeitspausen lief man sich nicht über den Weg."

Baumgartner nickte erneut und gab mit einem leisen „Ach ja" zu verstehen, dass er sich erinnerte.

„Was auffällt, ist jedoch die Tatsache, dass seit der Begegnung im Riesenrad kein Mord mehr an Deutschen stattgefunden hat. Stattdessen tötete er zwei Frauen und jetzt meinen Bekannten Istvan Fekete, den Lokomotivführer."

„Deinen Bekannten?" – unterbrach Baumgartner überrascht.

„Ja, das war Chefinspektor Möbius' Fall und deshalb bat ich ihn, den Fall Ihnen zu übertragen."

„Und wie kommst du darauf, dass es Berger war, der ihn getötet hat?"

„Weil Feketes Ehefrau ihn ganz genau beschrieben hat samt seinem tschechischen Akzent."

„Und woher kannte Frau Fekete ihn?"

„Das ist jetzt der Punkt, an dem ich sagen möchte, dass es langsam unheimlich wird. Berger hat sich ihnen, übrigens unter dem Namen Geiger, im Prater aufgedrängt und irgendwie erreicht – die Details lasse ich mal weg – dass mein Bekannter, Herr Fekete, ihn als Heizer auf seinem Güterzug mitgenommen hat. Kurz vor der Rückkehr nach Wien hat Berger ihn umgebracht."

„Und unheimlich ist es, weil ...", unterbrach ihn Baumgartner.

„... weil ich unmittelbar davor Herrn Fekete nach vielen Jahren zum ersten Mal im Prater wiedergesehen hatte und Berger uns beobachtet haben muss. Wir hatten uns sogar umarmt und so muss Berger festgestellt haben, dass wir befreundet sind."

„Ich verstehe ...", sagte Baumgartner nachdenklich. „Du bist Bergers Ziel. Bevor er dich tötet, will er dir wehtun. Deshalb hat er deinen Freund getötet. Er ist gefährlich! Die Sachlage ist jetzt klar. Ich habe keine Zweifel mehr. Wir müssen dich schützen! Du musst dich schützen!" Nach einer kurzen Pause fügte er hinzu: „Ich werde bei der Landespolizeidirektion am Schottenring beantragen, dass du trotz deines Status' als Aspirant ständig eine Waffe tragen darfst. Da Gefahr im Verzug ist, genehmige ich dir das ab sofort. Darüber hinaus werde ich Personenschutz beantragen für deine Verlobte. Die genaue Vorgehensweise besprechen wir noch. – Koller! Bis wir das organisiert haben, übernehmen Sie diese Aufgabe! In Ordnung?"

„Selbstverständlich, Chef!" – antwortete Koller und machte sich sofort daran, vorher die Akten auf seinem Schreibtisch aufzuräumen.

***

Den Mittwochabend verbrachte Johann bei seinem Chef, Baumgartner. Zum ersten Mal hatte dieser ihn zu sich eingeladen. Bei der Gelegenheit lernte Johann auch Baumgartners Frau kennen, eine resolute, aber sympathisch kommunizierende Wienerin. „Sie sind der Frischling, nicht wahr?" – begrüßte sie ihn. „Erich hat mir nur Gutes über Sie erzählt." Ihr Mann griff sofort ein: „Das hab' ich nur gesagt, damit du sein Hiersein akzeptierst." – „Glauben Sie ihm nicht, Herr Maurer! Sie müssen sich bestimmt noch an seinen trockenen Humor gewöhnen", gab sie mit einem leicht vorwurfsvollen Blick an ihren Mann zurück.

„Kann ich einordnen, gnäd'ge Frau, danke!" – erwiderte Johann lächelnd.

Der Anlass, weshalb Johann eingeladen wurde, war, dass sich sein Chef einen Fernseher zugelegt hatte. Österreich spielte erfolgreich bei der Fußballweltmeisterschaft in der Schweiz und war ins Halbfinale vorgedrungen. Gegen Deutschland. In der Presse, im Radio und Fernsehen wurden der österreichischen Mannschaft gute Chancen aufs Finale eingeräumt, vor allem nachdem Deutschland im letzten Gruppenspiel 3:8 gegen Ungarn verloren hatte. Koller war auch eingeladen, hatte aber abgesagt, weil ihn Fußball überhaupt nicht interessierte. „Kein Fußball, kein eigenes Auto, wofür interessiert sich der überhaupt?" – fragte sich Johann.

„Das trifft sich gut", hatte Baumgartner darauf reagiert. „Sie bewachen dafür heute Abend Johanns Verlobte!" Koller ließ sich nichts anmerken. Aber Johann wusste, dass der nicht glücklich über seinen Babysitter-Dienst war.

Der Abend verlief sehr angenehm. Frau Baumgartner bewirtete die beiden vorbildlich. Köstliche belegte Brote und genügend Flaschen *Ottakringer* Bier standen zur Verfügung. Langsam allerdings trübte sich die Stimmung etwas. Deutschland schoss ein Tor nach dem anderen und am Ende hieß es 6:1 für Deutschland. Die Ernüchterung war groß.

„Dann gewinnen wir das Spiel um Platz drei. Ist auch nicht so schlecht, oder?" Baumgartner erwartete keine Antwort, die Bemerkung war rhetorisch gemeint. Johann

94

spürte, dass es Zeit war, sich für den „netten" Abend zu bedanken. Frau Baumgartner, die die Niederlage nicht kümmerte, verabschiedete ihn mit den Worten: „Besuchen Sie uns wieder, Herr Maurer! Und bringen Sie nächstes Mal Ihre Verlobte mit! Dann habe ich während des Fußballspiels auch Gesellschaft."

Sein Chef gab ihm die Hand zum Abschied, war aber wegen der Niederlage sichtlich schlecht gelaunt.

***

„Herr Maurer, hier ist Möbius."

„Hallo, Herr Möbius, gibt es was Neues?"

„Ja, Baumgartner hat mich gebeten, wenn ich etwas Neues weiß, es Ihnen mitzuteilen. Arbeiten Sie doch an diesem Fall?"

„Indirekt ja. Ich bin persönlich betroffen, nicht nur als Freund des Opfers, sondern auch als mögliche Zielperson des Täters. Deshalb bin ich von Haus aus an den Ermittlungen beteiligt, auch um mich zu schützen."

„Nun gut ... wir haben die Leiche des regulären Heizers tot in seiner Wohnung aufgefunden. Todeszeitpunkt war die Nacht vor seinem planmäßigen Einsatz auf dem Güterzug des Herrn Fekete. Sie hatten also Recht mit Ihrer Theorie. Wir haben deshalb die Suche nach einer weiteren Leiche entlang der Bahnstrecke abgeblasen. Allerdings wurde die Schaufel gefunden, mit der der Lokführer erschlagen wurde. Die Blutspuren sind eindeutig."

„Damit erhöht sich die Zahl der mutmaßlichen Morde dieses Serientäters auf sechzehn", rechnete Johann vor.

„Siebzehn ... die Frau des Heizers wurde ebenfalls tot aufgefunden. Ein Gemetzel! Er hat beiden die Kehle durchgeschnitten. Alles ist voller Blut. Der Täter muss auch einiges abbekommen haben. Leider ist es schon fast eine Woche her und er hatte genügend Zeit, die blutigen Kleider zu entsorgen."

„Wie konnte er nur an die Adresse des Heizers gelangen?" – fragte Johann mehr sich selbst als in den Hörer.

„Das wissen wir auch schon. Er hat am Abend nach dem Treffen im Prater die Bahndirektion angerufen, sich als der Lokführer Fekete ausgegeben und nach der Adresse des Heizers gefragt mit der Begründung, er müsse ihn unbedingt über die frühere Abfahrt des Zuges informieren. Telefonisch könne er ihn nicht erreichen. Der Bahnbeamte war zu der Abendstunde allein in dem Amt, konnte dessen Angabe nicht überprüfen und gab ihm deshalb bereitwillig die Adresse, zumal in der Akte keine Telefonnummer vermerkt war. Hat sich jetzt dadurch große Schwierigkeiten eingehandelt."

„Ja, aber wir wissen jetzt, dass unser Täter äußerst planmäßig vorgegangen ist. Wir dürfen ihn nicht unterschätzen. Er ist offensichtlich sehr gefährlich."

„Ich habe den Vorgang bereits der Landespolizeidirektion gemeldet. Die Fahndung nach diesem Herrn Geiger alias Moritz Berger ist jetzt Sache aller Kommissariate in Wien. Flugblätter mit seiner Personenbeschreibung werden an alle Hotels, Pensionen und Gasthäuser verteilt. Jeder Streifenpolizist, jeder Wächter von Parkanlagen erhält ein solches Flugblatt. Polizisten fragen in Geschäften und Werkstätten nach. Wir werden ganz Wien mit diesen Flugblättern eindecken. Es ist nur eine Frage der Zeit, bis wir ihn kriegen."

„Gut, vielen Dank für die Informationen, Herr Möbius! Wie es aussieht, haben Sie den Fall doch nicht ganz los."

„Doch, doch. Den Papierkram habe ich per Kurier bereits an Baumgartner geschickt. Ich beteilige mich wie alle anderen nur an der Fahndung, die Beweise muss ihr Kommissariat verwalten."

„Na dann, noch einmal vielen Dank und hoffen wir auf Erfolg!"

„Ja, und passen Sie nach wie vor gut auf sich auf! Der Täter ist offenbar sehr gerissen!"

***

„Herr Gruber, dürfen wir in die Werkstatt eintreten?"

„Ja, Inspektor, worum geht's?"

„Wir haben hier ein Flugblatt mit der Personenbeschreibung eines Serienmörders. Er wird in ganz Wien gesucht. Ist sehr gefährlich."

Tischler Gruber überflog das Flugblatt. „Die Beschreibung passt doch auf viele Männer! Mein Angestellter sieht auch so aus, ist aber bestimmt kein Serienmörder."

„Wie ist sein Name?"

„Radler".

„Vorname?"

„Einfach Herr Radler. Nächste Woche wollte ich ihn bei der Zunftverwaltung anmelden", log Gruber, „und dann weiß ich auch seinen Vornamen. Er ist noch in der Probezeit und ich will zuerst sehen, ob er was taugt."

„Und taugt er was?" – fragte der Inspektor freundlich.

„Bisher sieht es gut aus."

„Wo ist er denn jetzt?"

„Er liefert gerade einen reparierten Stuhl aus."

„Bevor ich's vergesse: Hat Herr Radler einen besonderen Akzent? Tschechisch vielleicht?"

„Vielleicht. Kenn mich damit nicht aus. Hier im Juden-viertel gibt's doch fast keine echten Wiener. Araber, Tschechen, Jugoslawen. Da kümmern einen die Akzente wenig. Hauptsache, sie sprechen einigermaßen Deutsch und lassen bei mir Möbel reparieren."

„Na gut, wir kommen vielleicht wieder und sprechen mit Ihrem Herrn Radler. Auf Wiedersehen! Habe die Ehre!"

Gruber blickte noch einige Zeit auf die Türe, durch die die zwei Beamten hinausgegangen waren. Er hatte von dem Mord an dem Lokführer im *Kurier* gelesen und jetzt fiel ihm ein, dass ihn Radler letzte Woche um ein paar Tage Urlaub gebeten hatte, um seine kranke Mutter in Graz zu besuchen. Für einen Augenblick hatte er daran gezweifelt. Aber er hatte nicht nachgefragt. Er ahnte schon die ganze Zeit, dass Radler seine Gründe hatte, nichts weiter über sich zu erzählen. Den Gruber küm-merte das nicht. Hauptsache Radler arbeitete fleißig und das tat er. Aber Serienmörder? Nein, das konnte er sich nicht vorstellen! Er legte das Flugblatt auf Radlers Werk-bank, die gerade nicht gebraucht wurde, und machte sich wieder an die Arbeit.

***

„Im Park des Schönbrunner Schlosses haben sie einen Verdächtigen! Los, Johann, Koller, nehmt eure Waffen mit!" Baumgartner rannte schon los und die zwei Ange-sprochenen stolperten über Stühle, die sich im Weg be-fanden, und liefen mit hinaus.

„Lechner hat mich angerufen", berichtete Baumgart-ner im Auto. „Ein Mann, auf den die Personenbeschreibung genau passt, hat auf dem Parkgelände eine Frau belästigt und wollte sie in die Büsche zerren. Sie konnte sich befreien und rief um Hilfe. Der Parkwächter hat ihn wenig später gestellt. Der Verdächtige hat ein Messer und lässt niemanden an sich ran. Die Polizei hält ihn momentan in Schach."

In Schönbrunn angekommen, wiesen sie sich aus und liefen zum Ort des Geschehens.

„Johann, du bist der Einzige, der ihn kennt. Du näherst dich ihm, so gut es geht, und versuchst ihn in ein Gespräch zu verwickeln! Sei vorsichtig. Ziehe deine Waffe, aber du darfst auf gar keinen Fall schießen! Wenn er dich angreift, dann weiche zurück. <u>Wir</u> werden, wenn nötig, schießen. Hast du verstanden?"

„Jawohl Chef", gab Johann zurück. Er hatte sich den Augenblick schon oft ausgemalt, in dem er seinem Verfolger begegnen würde. Allein der Gedanke daran ließ sein Herz jedes Mal schneller schlagen. Langsam hatte er Zweifel bekommen, ob er im Falle des Falles mit der Situation fertigwerden würde. Jetzt aber, da er im Dienst war, verspürte er überhaupt keine Angst. Im Gegenteil, er rief alles ab, was er in der Polizeischule gelernt hatte, und näherte sich entschlossen dem Verdächtigen. 30 − 25 − 20 − 15 Meter. Er konnte ihn jetzt ganz gut sehen und bemerkte, in welch einer jämmerlichen Verfassung der dastand und mit dem Messer herumfuchtelte, als er Johann sich nähern sah. Er rief: „Bleiben Sie stehen, sonst geschieht was!"

Johann blieb stehen und rief zurück: „Beruhigen Sie sich! Ich will Ihnen nichts tun! Wie heißen Sie?"

„Mein Name ist Benjamin."

„Benjamin und wie noch?"

„Benjamin Radschinski. Ich wollte der Frau nichts tun, ich schwöre!"

„Dann lassen Sie doch das Messer fallen und wir können reden. Ich versichere Ihnen, ich tue Ihnen nichts!"

Der Verdächtige stierte Johann an, als wollte er herausfinden, ob dieser es ernst meinte. Dann ließ er das Messer fallen, setzte sich auf den Boden und fing an zu weinen. Johann ging vorsichtig zu ihm hin, behielt ihn genau im Auge und als er ihn erreichte, stieß er mit dem Fuß das Messer weg. Der Mann kauerte am Boden und Johann konnte sein Gesicht nicht gut sehen. Aber er wusste: Das war nicht Berger. Er konnte es nicht sein. Die paar Worte, die der Verdächtige von sich gegeben hatte, waren so echt wienerisch, wie man es besser nicht sprechen konnte.

„Schau mich an!" – befahl er dem Häufchen Elend. Als der hochschaute, war alles klar. Johann drehte sich vorsichtig um und gab den Herbeieilenden ein klares Zeichen, indem er mit den Armen abwinkte: Das war nicht der Serienmörder!

Den Rest übernahmen uniformierte Polizisten, die in großer Anzahl angetreten waren. Auf dem Weg zurück bemerkte Johann das Filmteam, das die Szene offenbar aufgenommen hatte. Pressefotografen waren auch zugegen, aber Johann dachte nicht weiter darüber nach. Es war sein erster großer Einsatz, in dem er die Hauptrolle spielte, und das versetzte ihn in eine gewisse Aufregung. Er wusste, er hatte das ganz gut hinbekommen.

Dann trafen sie Lechner, der sie erwartungsvoll ansah, aber gleich bemerkte, was los war. Nichts war los.

„Auch Fehlanzeige?" – fragte er und ergänzte sofort: „Ich war gerade in der Innenstadt. Drei Meldungen über mögliche Verdächtige in der Nähe des Stephansdoms. Im

Graben haben mehrere Leute einen Mann festgehalten und dabei leicht verletzt. Er konnte sich aber ausweisen und war auch zweifellos ein echter Wiener. Das gefällt mir nicht, sag' ich Ihnen. Was ist, wenn die Meute wirklich einen Tschechen einfängt und es stellt sich dann heraus, dass es der falsche Mann ist?"

„Nicht gut, nicht gut", pflichtete ihm Baumgartner bei.

„Ich sehe, dort hinten sind Presseleute. Ich bitte sie, morgen in der Zeitung zu veröffentlichen, dass es nicht erlaubt ist, Polizei zu spielen, selbst wenn man glaubt, den Gesuchten entdeckt zu haben. Was halten Sie davon?"

„Gute Idee", erwiderte Baumgartner.

Kopfschüttelnd machte sich die Landgraben-Mannschaft auf den Weg zurück ins Revier. „Johann, du schreibst heute noch deinen Bericht", ordnete Baumgartner streng an.

„Muss das heute noch sein?" – gab Johann gespielt unwillig zurück.

„Witzbold!" – antwortete sein Chef. „Betrachte es als Ehre! Du hast heute deinen ersten gefährlichen Einsatz befriedigend gemeistert!"

„Nur befriedigend, Chef?" – fragte Johann überrascht.

„Ja, der erste Einsatz ist grundsätzlich immer befriedigend", gab Baumgartner zurück und schaute dabei Koller mitwisserisch an. Koller grinste vor sich hin.

***

Er war schon richtig müde. Die Beine schmerzten, obwohl er nicht länger als vier Stunden zu Fuß unterwegs gewesen war. Er war im Grunde aus Wien schon draußen, im Westen. Aber er traute sich nicht, irgendwo nach einer

Unterkunft zu fragen. Vor einer Stunde war es dunkel geworden und privat würde sowieso niemand mehr öffnen. Kurz bevor er hier angekommen war, hatte er in einer kleinen Straße ein Häuschen gesehen mit einem blassen Licht, das durch den Vorhang nur unvollständig durchdrang. Aber egal wer darin wohnte, man würde ihm zu dieser späten Abendstunde nicht öffnen. Nicht weit davon erspähte er ein Wäldchen. Dort würde er übernachten, bevor er am nächsten Tag entschied, ob er weiterziehen oder am Rande Wiens bleiben würde. Endgültig würde er Wien nicht verlassen. Jetzt schon gar nicht mehr. Jetzt, da er endlich wusste, wer sein Hassobjekt war. Über zwei Jahre hatte es gedauert und der Zufall war ihm zu Hilfe gekommen.

Er hatte den Weg über die Mariahilfer Straße genommen, weil er sich eine Baskenmütze kaufen wollte. Er hatte diese französischen Mützen vor einiger Zeit in einem Hutgeschäft in dieser beliebten Einkaufsstraße gesehen und nachdem er das Flugblatt in der Werkstatt gelesen hatte, wusste er, dass eine Kopfbedeckung die erste Tarnmaßnahme wäre. Nachdem er sie erworben hatte, fühlte er sich sicherer, vor allem als er in der Auslage des Radio- und Fernsehgeschäftes den Abendbericht im zur Schau gestellten Fernseher sah.

Ein großer Andrang herrschte vor dem Ladenfenster und Milos wunderte sich, dass so viele Leute den Zwischenfall in Schönbrunn verfolgen wollten. Als der Bericht zu Ende war, blieben die Leute vor der Auslage stehen. Sogar noch mehr versammelten sich davor. Jetzt fiel Milos ein, warum. Den ganzen Tag gab es eigentlich nur ein Thema in Wien: Die Fußballweltmeisterschaft. Österreich spielte heute wieder, aber das interessierte Milos nicht. Er hatte genug gesehen. Sein Urfeind war in Großaufnahme im Bild gewesen, nachdem er einen unglücklichen Jammerlappen gestellt hatte und stolz wie ein Pfau vom Tatort abmarschierte. Er war also Kriminalkommissar! Am Zeitungsstand kaufte sich Milos eine Abendzeitung und dort stand es: „Inspektoraspirant Maurer." Mit Bild in Großaufnahme! „Jetzt hab' ich dich, Kerl!" – flüsterte Milos vor sich hin. Mit frischen Kräften und durchaus gutgelaunt machte er sich weiter auf den Weg.

Er hatte gewusst, dass der Tag der Flucht kommen könnte. Bei Gelegenheit hatte er sich einen dieser neuartigen Rucksäcke aus Kunststoff gekauft, in die erstaunlich viel hineinging. So konnte er fast alles, was in den großen Koffer reingegangen wäre, mitnehmen. Geld hatte er genug. Das Heizer-Ehepaar hatte beträchtliche Ersparnisse in der Mehldose gebunkert. Milos hatte gewusst, wo er suchen musste.

Der alte Gruber hatte ihn beobachtet, wie er nach der Rückkehr von der Lieferung das Flugblatt las. Der war nicht blöd. Er war in seine Kammer hinter der Werkstatt gegangen und kehrte mit dem Wochenlohn wieder, obwohl die Woche nicht zu Ende war. Gruber streckte die Hand aus und sagte beim Händeschütteln: „Mach's gut, Radler!"

Milos war froh, dass er den Alten nicht getötet hatte. „Ich hab' wohl doch ein weiches Herz", hatte er beim Abschied zu sich gesagt.

Am nächsten Morgen erinnerte er sich an das Häuschen in der kurzen Straße. Sein Instinkt sagte ihm, er solle es mal dort versuchen. Vielleicht würde er für etwas gebraucht. Seine Taschenuhr zeigte sieben an, als er vor dem Häuschen stand und an der Glocke am Zaun rüttelte. Nur kurze Zeit danach öffnete sich die Haustüre und eine alte Frau so um die achtzig trat heraus und rief mit einer erstaunlich festen Stimme: „Wer läutet da, bitte?"

„Mein Name ist Lederer, gnäd'ge Frau. Entschuldigen Sie bitte die Störung! Ich bin auf der Durchreise und frage mich, ob ich bei Ihnen irgendwo im Keller für ein paar Tage unterkommen könnte. Ich würde dafür mit meinem handwerklichen Können zu Diensten sein, falls Sie etwas benötigen."

Die Frau ging die paar Treppen vom Hauseingang zum Vorgarten hinunter und betrachtete den Fremden genau. „Wo kommen Sie denn her?" – fragte sie nicht unfreundlich.

„Ich komme aus Graz", antwortete er spontan.

„Wirklich? Mir dünkt von weiter südlich, oder? Sie sind Jugoslawe, stimmt's?"

„Wie Recht Sie haben, gnäd'ge Frau! Habe aber über sechs Jahre in Graz gelebt. Deshalb kann ich auch Deutsch sprechen", gab Milos zurück und wusste nicht so recht, wie er dran war.

„Jetzt hören Sie auf mit diesem ständigen ‚Gnäd'ge Frau'! Ich bin Frau Bitter – wie die Quitten in meinem Garten – und Sie kommen jetzt mal auf einen Tee herein! Wir besprechen alles und dann schauen wir weiter." Sprach sie, sperrte die Gartentüre mit dem riesigen mittelalterlichen Schlüssel auf und ließ Milos Radlec hinein.

***

„Ich dreh dem Kerl den Hals um!" Baumgartner klatschte die Zeitung auf den Schreibtisch und lief hinüber zum Büro seiner zwei Kollegen. „Johann, du hast frei und gehst nach Hause! Ab sofort bleibst du vorerst zu Hause und passt gut auf deine Verlobte auf! Vergiss deine Waffe nicht! Koller soll herkommen! Der Personenschutz ist unterwegs. Einer wird sich zur Concierge ins Zimmer setzen. Das Haus bleibt abgesperrt. Die Bewohner und jeder Besuch müssen sich beim Betreten des Hauses ausweisen!"

„Ja, aber Johanna muss regelmäßig in die Mariahilfer Straße wegen ihrer Schneiderarbeiten!"

„Du nimmst den Polizeiwagen mit und fährst sie hin. Der Personenschützer, der vor dem Haus postiert ist, begleitet euch."

„Ihr braucht doch den Wagen. Wir schaffen es auch so", gab Johann überrumpelt zurück.

„Ich werde meinen eigenen Wagen als Polizeiauto nehmen. So wird's gemacht! Und jetzt ab mit dir!"

Nachdem Johann das Büro verlassen hatte, griff Baumgartner zum Telefon …

„Lechner, was haben Sie sich dabei gedacht!?"

„Guten Tag erst einmal, Baumgartner! Was ist denn los?"

„Wieso haben Sie Maurers Namen an die Presse verraten, Sie Mistkerl?"

„Wieso sollte ich nicht?"

„Unser Täter hat es auf Maurer abgesehen und jetzt weiß er, wo er ihn findet!"

„Woher soll ich das wissen? Was meinen Sie mit *Auf ihn abgesehen?*" – fragte Lechner offensichtlich recht verdutzt.

„Das ist eine lange Geschichte, aber Sie wissen doch, dass wir ohne Absprache unsere Namen nicht an die Presse weitergeben! Schon gar nicht in so einem brisanten Fall!"

„Jetzt beruhigen Sie sich mal! Wir waren uns einig, dass ich die Presseleute bitten sollte, eine Warnung an die Bevölkerung weiterzugeben. Da ihr Kollege den Vorfall in Schönbrunn so gut gemeistert hatte, wollten sie ihn namentlich loben. Sie wissen, dass wir eine gute Propaganda in der Bevölkerung gut brauchen können!"

„Und jetzt ist das Leben meines Mitarbeiters in Gefahr! Könnte teuer erkauft sein diese Ihre Propaganda!"

„Baumgartner, tut mir leid, wenn das so ist. Wie wär's damit, solche Informationen auch mal weiterzugeben? Gerade in so einem Fall, in dem mittlerweile die Polizei in ganz Wien mitmacht."

„Wir wollten es zu seinem Schutz für uns behalten."

„Vielleicht sollte er zu seinem Schutz bei diesem Fall überhaupt nicht herangezogen werden."

„Wird er auch nicht mehr. Jetzt wird er zu Hause bewacht."

„Noch einmal. Ich habe es gut gemeint. Wir sollten aus diesem Vorfall lernen und in Zukunft besser zusammenarbeiten. Kann ich noch etwas für Sie tun?"

„Ja, geben Sie Ihr Bestes, damit wir diesen Dreckskerl Berger in die Fänge kriegen!" Mit diesen Worten legte Baumgartner auf. „Vielleicht hätte ich Johann früher von dem Fall abziehen sollen", dachte er sich noch, bevor er sich eine *Memphis* anzündete und sich gedankenverloren in den Schreibtischsessel lehnte. Eigentlich wollte er mit dem Rauchen aufhören. Seine Lunge war nicht in Ordnung und der Arzt hatte ihm die Zigaretten verboten. Hauptsache seine Frau merkte nicht, dass er geraucht hatte.

***

Zwei heiße Hinweise waren mittlerweile eingegangen, aber sie halfen nicht, Berger dingfest zu machen. Im Gegenteil, sie deuteten darauf hin, dass er sich verdrückt hatte. Ein Inspektor des Kommissariats Innere Stadt hatte bei seinen Befragungen erfahren, dass sich ein gewisser Herr Radler von seinem Arbeitsplatz verabschiedet hatte. Dieser Hinweis allein wäre nicht sehr vielsagend gewesen, hätte nicht ein Vermieter aus der Komödiengasse bei einer Befragung berichtet, dass sein Mieter, ein Herr Radler, seit vier Wochen keine Miete mehr bezahlt und die Wohnung, offenbar ohne zu kündigen, verlassen hat. Beide Zeugen gaben an, dass dieser Herr Radler, auf den die Personenbeschreibung in der Fahndung zutraf, einen gewissen Akzent hatte, den sie aber nicht näher bestimmen konnten.

Danach beruhigte sich die ganze Angelegenheit und die Wiener Polizei nahm sich wieder der üblichen Delikte und Verbrechen an, die nichts mit Berger zu tun hatten. In einer Großstadt wie Wien waren auch weitere Morde fast an der Tagesordnung. So kümmerte sich jedes Kommissariat wieder um die eigenen Angelegenheiten.

Die Fußballweltmeisterschaft war für die österreichische Mannschaft befriedigend zu Ende gegangen. Im Spiel um Platz drei hatte sie Uruguay mit 3:1 besiegt, immerhin den amtierenden Weltmeister von 1950. Am

Westbahnhof wurde ihr bei der Rückkehr aus der Schweiz ein triumphaler Empfang bereitet. Es war das beste Ergebnis, das Österreich bei einer Fußballweltmeisterschaft erzielt hatte. Dass Deutschland im Finale überraschend mit 3:2 gegen Ungarn gewann, wurde mit der gebotenen Ver- und Bewunderung quittiert, wobei viele Österreicher wegen der historischen Verbundenheit eher den Ungarn die Daumen gedrückt hatten.

Johann widmete sich der Aufklärung der häufigen Diebstähle im Bezirk, der Personenschutz wurde aufgehoben und das Polizeiauto stand wieder in der Garage des Reviers von Landgraben. So angespannt die Lage auch gewesen war, Johann hatte die Fahrten zur Mariahilfer Straße genossen. Autofahren war auch das einzige Aufregende, das ihm noch in jenen Tagen geblieben war.

Johanna benutzte wieder das Fahrrad, um in die Mariahilfer Straße zu kommen. Die einzige Vorsicht, zu der sie Johann ermahnte, war, zügig hin- und zurückzufahren. Als sie ihm eines Tages stolz ein neues Kleid vorführte, brauste Johann auf in dem Vorwurf, sie sei nachlässig geworden.

„Wie lange muss ich mich noch wie in einem Gefängnis bewegen?" – hatte sie sich bitterlich beschwert. „Dieses Leben ist ein einziges Gefängnis! Ich muss mich einfach auch wieder mal an den schönen Seiten des Lebens erfreuen dürfen!"

Johann hatte sie daraufhin in den Arm genommen. „Ich will doch nur, dass dir nichts zustößt! Entschuldige bitte! Sei trotzdem vorsichtig, ja?"

„Noémi hat mich gestern besucht und wir haben uns für morgen im Café Demel verabredet", hatte Johanna ihn überrascht. Mit einem Seufzer hatte er abgewinkt, so als sei Hopfen und Malz verloren. Aber Johann wusste in der Tat, dass er sie nicht weiter einsperren konnte. Vielleicht hatte sie damals Recht gehabt, als sie sich gegen seinen neuen Beruf gewehrt hatte. Gefährlich war es aber nicht so sehr für ihn als für Johanna. Wenn er das geahnt hätte … Aber nein, er liebte seinen Beruf immer noch und er musste seine Arbeit nur gut verrichten! Wachsam sein. Eines Tages würde er den Bastard kriegen. Mittlerweile hatte er keine Angst mehr. Er war nur sauer, dass so viele Menschen sterben mussten, nur weil dieser Berger einen Hass auf ihn hatte. Dem musste ein Ende bereitet werden!

***

„Ja, da ist sie wieder", stellte er fest, nachdem er schon seit mehreren Tagen stundenlang das Haus beobachtet hatte. Er musste vorsichtig sein und deshalb spazierte er zwischendurch am Donaukanal entlang rauf und runter. In dieser Zeit konnte sie ihm entgehen, aber das war kein Problem. Er hatte Zeit. Er verließ jeden Morgen das Haus der Frau Bitter, wo er es sich im Keller gemütlich eingerichtet hatte. Nachts war es etwas frisch und feucht, aber es war Sommer und ein paar Wochen würde er es noch aushalten.

„Wollen Sie sich in Wien Arbeit suchen?" – hatte Frau Bitter ihn gleich bei der ersten Begegnung gefragt. Als er zögerte, erklärte sie, worauf sie hinauswollte: „Mir ist es Recht, wenn Sie sich hier im Keller einrichten und am Haus einiges reparieren. Im Garten kann ich auch Hilfe brauchen, vor allem um die Abfälle zu entsorgen. In einigen Wochen kommt das Holz für den Winter. Sie könnten es hacken und hinter dem Haus verstauen. Bisher habe ich den Lieferanten dafür bezahlt. Ich wäre froh, wenn ich mir das sparen könnte. Bezahlen kann ich Sie allerdings für das alles nicht. Frühstück und eine warme Mahlzeit pro Tag sind aber drin. Kost und Logis sozusagen. Tagsüber aber werden Sie in Wien einer Arbeit nachgehen, nehme ich an. Irgendwie müssen Sie sich Ihr Geld verdienen, oder?"

Milos war überrumpelt und erfreut zugleich über den Vorschlag der Alten. Es klang, als hätte sie sich schon lange eine Hilfe wie ihn gewünscht. Sie hatte keine nahen Verwandten mehr. Nur einen Neffen, der aber seit Jahren nicht mehr nach ihr geschaut hatte. Etwas Besseres hätte Milos nicht geschehen können. Er hatte aber vorerst nicht vor, sich Arbeit zu suchen. Die 2.000 Schilling, die er beim Heizer gefunden hatte, würden ihm für eine Weile reichen. Vor allem, da er keine Ausgaben für Wohnen und Essen hatte.

Vier Wochen lang konnte er der Alten vormachen, er suchte nach Arbeit in Wien, indem er für ein paar Stunden in der Umgebung verschwand. Dann aber konnte er es wagen, den Bus an der Baumgartner Höhe in die Stadt zu nehmen. Der *Kurier*, den sich Frau Bitter im Abonnement leistete, hatte schon eine ganze Weile nichts mehr über die Fahndung berichtet. Er hatte sich ohnehin einen Hitlerschnurrbart wachsen lassen, womit er trotz seines im Krieg geborenen Hasses auf die Deutschen kein Problem hatte. Hauptsache es diente der Tarnung wie die Baskenmütze, an die er sich schon gewöhnt hatte. Er wollte sich aber immer noch keine Arbeit suchen, sondern verfolgte andere Ziele, die er abends vor dem Schlafengehen minutiös durchplante. Es befriedigte ihn enorm zu wissen, wie er „Johann Maurer" schaden könne. Ihn zu töten war noch nicht unmittelbar dran. Milos spürte unbewusst, dass ihm danach eine große Leere drohen würde. Deshalb zog er es vor wie eine Katze, die die gefangene Maus vor sich hertrieb, den finalen Biss so lange wie möglich hinauszuzögern.

Vor zwei Tagen, als Johanna zuletzt das Haus verließ, hatte sie das Fahrrad genommen. Sie war mit zwei Taschen gut bepackt gewesen. Gerne hätte Milos gewusst, wohin sie fuhr, aber das war letztendlich nicht so wichtig. Der Plan sah ohnehin anders aus. Heute ging sie zu Fuß los. „Das passt", dachte er sich und folgte ihr in einem sicheren Abstand. Sie überquerte die Aspernbrücke, bog rechts in Richtung Schwedenplatz ab, wo sie sich dann ein Eis in der Waffel kaufte. Danach bog sie links in die Rotenturmstraße ein und lief Richtung Stephansdom. „Aha, Einkaufstour", prophezeite Milos und folgte ihr unauffällig. Als sie im *Graben* begann, sich die Geschäftsauslagen anzuschauen, passte Milos seinen Plan den Gegebenheiten an. In der belebten Innenstadt musste er besonders vorsichtig sein. In der Goldschmiedgasse um die Ecke gab es ein paar alte Häuser, die zum Abriss bereitstanden und deshalb zugänglich waren, ohne dass das jemandem was nutzte. Sie waren unbewohnbar. Er wusste, das war ein günstiger Augenblick. Sie betrachtete ausgiebig das Schaufenster eines Juweliers. Milos kaufte sich beim Kiosk an der Ecke einen Mokka im Pappbecher und lief auf sie zu. Günstigerweise befand sich gerade niemand sonst in nächster Nähe. Kurz bevor er neben ihr zum Stehen kam, tat er so, als würde er stolpern und schüttete den Inhalt des Pappbechers über ihr hellgraues Kostüm.

„Ach, das tut mir so leid, gnäd'ge Frau! Wie unbeholfen von mir!" – entschuldigte er sich mit großem Bedauern in der Stimme.

Johanna wusste erst einmal überhaupt nicht, was los war, bevor sie den heißen Kaffee durch den Ärmel spürte.

„Was haben Sie getan?!" – rief sie entsetzt aus, als sie den Schaden entdeckte. Der Ärmel war in seiner ganzen Länge befleckt.

„Ich bin untröstlich, gnäd'ge Frau! Erlauben Sie mir bitte, das wiedergutzumachen. Meine Frau kann die Flecken bestimmt rauswaschen. Folgen Sie mir, bitte! Wir wohnen nur hier um die Ecke." Er ergriff sanft ihren Oberarm und begann, sie der Straße entlang weiterzuführen. Johanna war so verblüfft, dass sie erst einmal einige Schritte mitging. Dann blieb sie jedoch stehen, entwand sich seinem Griff und erwiderte: „Wo denken Sie denn hin! Ich habe nicht die Absicht, Ihnen zu folgen!"

„Aber meine Frau …"

„Wir müssen Ihre Frau nicht belästigen. Ich komme schon zurecht."

„Aber gnäd'ge …"

„Wenn Sie nicht aufhören, schreie ich um Hilfe. Gehen Sie bitte weg!" Plötzlich begriff sie instinktiv, wie gefährlich die Situation war. Der Mann sah zwar nicht wie der gesuchte Serienmörder aus, aber irgendetwas empfand sie als bedrohlich. Johanns eindringliche Warnung, sie solle sich jederzeit in Acht nehmen, wirkte. Entschlossen drehte sie dem Mann den Rücken zu und lief, so schnell sie konnte, zurück in Richtung Stephansdom. Kurz überlegte sie, ob sie nicht nach Hause gehen sollte. Mit dem scheußlichen Fleck am Ärmel konnte sie sich nicht im Café Demel sehen lassen. Aber der Weg nach Hause erschien ihr unter diesen Umständen zu gefährlich. Sie beschloss, doch Noémi im Café zu treffen. Sie musste jetzt aber einen ziemlichen Umweg nehmen, denn sie wagte es nicht mehr, über den *Graben* zum Café im *Kohlmarkt* zu gehen. Überhaupt drehte sie sich nicht mehr um, als würde der Mann, der sie belästigt hatte, damit auch verschwinden. In der belebten Innenstadt fühlte sie sich aber einigermaßen sicher.

Im Café Demel angelangt, sah sie schon Noémi am Tisch sitzen. Erfreut, als sei Noémi ihre Rettung, ging sie zum Tisch. Auf dem Weg dorthin ignorierte sie die missbilligenden Blicke der Ober.

Draußen, vor dem Schaufenster, das bis zur Kopfhöhe mit Torten, Törtchen und diversen Pralinen ausgelegt war, stand Milos und schaute über die Auslage hinweg hinein: „Schau hin, Frau Fekete geht es auch gut", murmelte er vor sich hin und entfernte sich breit grinsend vom Schaufenster. Ganz unzufrieden war er nicht. Der Vorfall im *Graben* hatte ihm Spaß gemacht. Ein erster Schritt in seinem Plan war vollzogen.

***

„Heute bin ich in der Stadt von einem Mann belästigt worden", verkündete Johanna, kaum dass Johann die Wohnung betrat.

„Ist denn etwas passiert?" – fragte Johann den Ernst der Mitteilung noch nicht begreifend. Er legte seine Dienstjacke ab, griff sich ein kühles Bier aus der eisgekühlten Truhe und setzte sich an den Küchentisch. „Erzähl!" – forderte er Johanna auf.

„Er ist angeblich gestolpert und hat mich, genauer gesagt den Ärmel meines Kostüms, mit Kaffee überschüttet."

„Hat er sich wenigstens dafür entschuldigt?" – fragte Johann nicht viel interessierter als vorher.

„Ja, er wollte sogar, dass ich mit zu ihm nach Hause gehe, damit seine Frau den Fleck rausputzt."

„Und wie hast du reagiert?" Johann horchte plötzlich auf.

„Hab' mich natürlich geweigert. War mir unwohl bei dem Gedanken."

„Das hast du richtig gemacht. Wie sah der Mann denn aus?"

„Nicht wie der gesuchte Serienmörder. Hatte einen kurzen Oberlippenbart, du weißt schon, wie ihn Hitler getragen hat, und eine dieser französischen Mützen auf. Eine Baskenmütze."

„War er groß, dick, dünn, jung, alt?" Aus der Sorge, die ihn plötzlich befiel, wirkte Johann ein wenig ungehalten.

„Er war groß, so ungefähr wie du und kräftig, ohne dick zu sein."

„Akzent?"

„Erst im Nachhinein wurde mir bewusst, dass mir sofort etwas an ihm aufgefallen war, was mich vorsichtig werden ließ. Er hatte tatsächlich einen leichten Akzent, obwohl er versuchte, das Wienerische nachzumachen. Ich kann es aber nicht sagen, ob es tschechisch war oder nicht."

Johann dachte scharf nach. Blöd war dieser Berger oder wie er auch immer in Wirklichkeit hieß, nicht. Nach der intensiven Fahndung vor einigen Wochen wusste er bestimmt, wie er beschrieben wurde. Es war nur logisch, dass er sein Äußeres verändert hatte. Hitlerschnurrbart, ja, das wäre nun der Gipfel der Ironie! Es gab nicht wenige Männer, die nach dem Krieg noch diesen Oberlippenbart trugen. Ob man daraus auf ihre Gesinnung schließen konnte, war ungewiss. Auf der anderen Seite war es eine ungefährliche Art, unverblümt seine Gesinnung zu zeigen. Dieser Berger aber hasste die Deutschen. Ein Hitlerschnurrbart wäre in der Tat die beste Tarnung!

„Na dann bin ich froh, dass du dich so vernünftig verhalten hast!" Johann versuchte, sich nicht anmerken zu lassen, dass ihn dieser Vorfall nun äußerst beunruhigte. Er wollte Johanna keine Angst einjagen und sagte nicht, was er wirklich dachte.

„Das Beste kommt noch!" – fügte Johanna hinzu in einem Ton, der die Pointe ankündigte: „Noémi erzählte mir, dass der Trick mit dem Kaffee in Ungarn bekannt sei. Man bekleckert eine gut gekleidete Frau auf der Straße am besten mit Kaffee oder Rotwein und bietet ihr an, sich in der Nähe in Anwesenheit der „Ehefrau" des Übeltäters umzuziehen oder sich die Kleidung reinigen zu lassen. Wer sich darauf einlässt, wird gnadenlos ausgeraubt und steht am Ende im wahrsten Sinne des Wortes nackt da. Selbst männliche Begleiter der Unglücklichen haben keine Chance sich zu wehren."

Johann ballte die Fäuste zusammen. Er wusste, dass Johanna nicht nur ausgeraubt worden wäre. Sie läge jetzt nackt in der Pathologie.

„Ich muss kurz wieder ins Revier. Öffne niemandem! Auf gar keinen Fall! Egal, wer es auch sein mag! Hast du verstanden?"

„In Ordnung", gab Johanna verdutzt zurück. Plötzlich verstand sie.

Johann überprüfte noch seine Waffe, bevor er die Wohnung verließ. Danach läutete er bei der Concierge und bat sie, darauf zu achten, dass die Haustüre immer verschlossen blieb. Bis auf Weiteres dürfte sie keine Besucher reinlassen. Draußen ging er noch ein paar Schritte hin und her. Da niemand zu sehen war, lief er in Richtung Aspernbrücke los.

**

Vorsichtig öffnete er die Türe, schaute den Gang entlang und horchte, ob sich bei den Nachbarn etwas bewegte. Dann ging er die zwei Schritte zur Wohnungstüre gegenüber und klingelte. Wie zufällig drehte er sich zur Seite und hüstelte vor sich hin. Dadurch hatte er einen Grund, seinen Mund mit der Hand zu bedecken. So konnte man seinen Oberlippenbart nicht sehen. Die Baskenmütze hatte er abgenommen. Von dieser Täuschung versprach er sich allerdings nicht allzu viel. Er setzte auf das Überraschungsmoment und wollte sein Opfer überrumpeln.

„Wer ist da, bitte?" – ertönte es hinter der Türe.

„Das Gaswerk", erwiderte Milos.

„Kommen Sie bitte wieder, wenn mein Mann zu Hause ist."

„Es ist aber dringend! Die Gasleitung hat ein Leck! Gefahr im Verzug!" – rief Milos und hustete weiter vor sich hin.

„Tut mir leid. Ich kann Sie nicht hereinlassen!"

„Sie sind aber in Gefahr! Seien Sie vernünftig! Ich will doch nur nach dem Rechten sehen!" Langsam dauerte es Milos zu lange. Er wollte nicht, dass die Nachbarn weiter hinten im Gang etwas hörten und nach dem Grund der lauten Stimme sahen.

Plötzlich hörte er, wie sich auf der anderen Seite der Schlüssel im Schloss umdrehte. Blitzschnell langte er nach dem Türgriff, aber im selben Augenblick schnappte das Schloss wieder zu. Sie hatte es sich anders überlegt.

So, das reichte ihm jetzt. Mit dieser Schwierigkeit hatte er nicht gerechnet. Ohne ein weiteres Wort zu sagen, verließ er die Wohnungstüre, setzte die Baskenmütze auf und ging die Treppe hinunter. Im Erdgeschoss angekommen, vergewisserte er sich zuerst, dass niemand zu sehen war und ging zur Haustüre. Sie war versperrt. Ungläubig stand er davor. Wie konnte das sein! Dann öffnete sich eine Türe und die Concierge, die ihn hereingelassen hatte, kam mit dem Schlüssel in der Hand. „Haben Sie Ihre Tante angetroffen? Ich wusste gar nicht, dass Frau Rieder Verwandte hat!" – fügte sie nebenbei hinzu, während sie aufsperrte. Milos antwortete nicht und ging einfach hinaus. Er war frustriert. Noch eine Bemerkung der Concierge und er hätte für nichts garantieren können!

„Na sowas", murmelte sie vor sich hin, „als er ins Haus kam, war er viel freundlicher." Dann blieb sie kurz stehen und dachte: „Davon, dass ich niemand hinauslassen soll, hat Herr Maurer nichts gesagt", und begab sich in ihr Zimmer.

***

„Johann, er war da, an unserer Türe!" – rief ihm Johanna entgegen, als er die Wohnung betrat.

Johann wusste sofort, wen sie meinte. „Was ist geschehen?" – fragte er angespannt.

„Zum Glück nichts", antwortete sie. „Er wollte Einlass, weil angeblich die Gasleitung schadhaft sei."

„Und du hast ihn selbstverständlich nicht hereingelassen ...", stellte Johann fest.

„Natürlich nicht!" – Johanna verschwieg, dass sie für einen kurzen Augenblick bereit gewesen war zu öffnen. Aber in dem Augenblick, in dem sie den Schlüssel gedreht hatte, wehrte sich alles in ihr dagegen und deshalb verschloss sie die Türe sofort wieder.

„War es derselbe Mann wie heute Nachmittag?"

„Ja. Habe ihn, erst nachdem er mehrmals gedrängt hat, an der Stimme erkannt. Er stand seitlich und hatte sein Gesicht mit der Hand bedeckt, weil er andauernd hustete. Bückte sich immer wieder und verschwand damit aus dem Blickfeld des Gucklochs. An seinem Äußeren konnte ich ihn nicht wiedererkennen. Er hatte auch keine Baskenmütze auf."

„Wie ist er denn ins Haus gekommen, frage ich mich", sagte Johann nachdenklich. „Ich muss Frau Wagner, die Concierge, befragen."

Johanna sah ihn mit großen Augen an. „Pass gut auf, bitte! Nicht dass er sich noch im Haus aufhält!"

Johann nahm die Waffe in die Hand. „Mach dir keine Sorgen! Ich passe auf! – Übrigens, ich habe wieder Personenschutz angefordert. Dasselbe Verfahren wie vor vier, fünf Wochen. Sie sind bald da. Ich gehe nur zur Concierge und kläre auf, wie er ins Haus gelangen konnte. Wenn der Personenschutz da ist, gehen wir durchs Haus und überprüfen jede Ecke. Also, bis gleich!" Er schaute durch den Spion, der wie ein Weitwinkelobjektiv eine breite Sicht ermöglichte, und öffnete die Türe vorsichtig. Mit gezückter Waffe begab er sich zum Aufzug.

„Frau Wagner, da war vor kurzem ein Mann an meiner Haustüre und hat meine Verlobte belästigt. Wie konnte er denn ins Haus gelangen?"

„Herr Maurer, ich habe niemanden hereingelassen! Der einzige Besucher, der heute Abend das Haus betreten hat, kam, noch bevor Sie mir befahlen, niemandem zu öffnen. Er wollte zu Frau Rieder. Sagte, er sei ihr Neffe. Habe mich gewundert, dass Frau Rieder Verwandte hatte, denn bisher hat sie noch niemand besucht. Aber ich hatte ja keinen Grund, ihn nicht hereinzulassen."

„Wie sah der Mann aus?"

„Groß, kräftig, mit diesem kurzen Oberlippenbart, Sie wissen schon, und einer ungewöhnlichen Mütze oder Hut, wenn man ihn so bezeichnen kann. Er ist vor etwa einer halben Stunde gegangen. Etwas unhöflich war er."

„Ist er wiedergekehrt?"

„Nein, ich hätte ihn auch nicht mehr hereingelassen, wie befohlen."

„Gut, Frau Wagner. Danke! Darf ich mal von Ihnen aus telefonieren?" Die Bitte um Erlaubnis war eigentlich überflüssig, denn das Telefon gehörte der ganzen Hausgemeinschaft. Da es lange dauerte, bis man privat einen Anschluss erhielt, hatte man sich auf diese Lösung geeinigt, die von der Telefongesellschaft bevorzugt eingerichtet wurde, falls Notrufe erforderlich waren. Dennoch: Ein respektvoller Umgang mit der Concierge gehörte zum guten Ton.

„Herr Baumgartner, gut dass Sie noch da sind! Unser Verdächtiger wird immer dreister. Jetzt war er vorhin sogar an unserer Haustüre, als ich noch im Revier war …"

„Ist etwas passiert?" – unterbrach ihn Baumgartner.

„Nein, meiner Verlobten nicht. Aber ich fürchte, unserer Nachbarin ist was passiert. Könnten Sie oder Koller herkommen? Ich warte solange in meiner Wohnung."

„In Ordnung. Ich komme. Koller ist schon zu Hause", sagte Baumgartner und legte auf.

„Frau Wagner, Polizeibeamte werden bald eintreffen. Nachdem sie sich ausgewiesen haben, lassen Sie sie bitte rein!"

„In Ordnung, Herr Maurer."

Johann hoffte inständig, dass nicht schon wieder jemand seinetwegen zu Schaden gekommen war. Er fuhr hoch und klingelte bei Frau Rieder, die gegenüber wohnte. Sie war eine nette ältere Dame, etwas neugierig, aber das war verständlich, wenn man bedachte, dass sie den ganzen Tag alleine war. Keine Antwort. Das war ungewöhnlich, denn um diese Zeit war sie immer zu Hause. Mehr noch, normalerweise stand sie am Spion und beobachtete, was gegenüber geschah. „Guten Abend, Frau Rieder", hatte Johann einmal laut gesagt, als er sie wegen eines Geräuschs an der Türe vermutete. Ihre Türe öffnete sich sofort und Frau Rieder fragte, als seien sie verabredet gewesen: „Wie war Ihr Tag heute, Herr Maurer? Wie viele Verbrecher haben sie verhaftet?" – und lachte herzhaft. „Genug, damit Sie sich sicher fühlen können, Frau Rieder", hatte er lächelnd geantwortet.

Daran musste er jetzt denken und sein Herz pochte, als auf sein Klingeln niemand antwortete. Er hätte die Türe eintreten können, wenn Gefahr im Verzug gewesen wäre. Da er aber etwas anderes befürchtete, war es besser, laut Vorschrift, wenn ein zweiter Beamter zugegen war, wenn er die Wohnung betrat. Johann klingelte noch einmal, wartete eine Zeitlang und ging dann in seine Wohnung.

Zu dritt standen sie vor Frau Rieders Wohnung und klingelten noch einmal. Johann, Baumgartner und die Concierge, Frau Wagner. Baumgartner hatte das Recht, da Verdacht auf ein Verbrechen bestand, von der Concierge zu verlangen, die Türe aufzusperren. Ansonsten durfte sie das nur im Brandfall oder in einem anderen Katastrophenfall tun. Als erneut niemand öffnete, sperrte Frau Wagner auf, wonach Baumgartner sie bat, zurück ins Erdgeschoss in ihr Concierge-Zimmer zu gehen.

Die beiden traten ein und Johann sah seine Befürchtung bitterlich bestätigt. Frau Rieder lag gekrümmt auf der Seite mit offenem Mund und mit Entsetzen im Gesicht. Baumgartner murmelte die Uhrzeit vor sich hin, die er sich notierte, „19:37 Uhr", und sagte ganz professionell ohne eine Rührung in seiner Stimme: „Ich gehe runter zur Concierge und rufe alle an. Gehen Sie in Ihre Wohnung und warten Sie, bis ich mich bei Ihnen melde!"

Johanna wartete hinter der Türe und beobachtete durch den Spion, was geschah. Als die beiden eintraten und kurz darauf nacheinander wieder herauskamen, lief ihr ein kalter Schauer über den Rücken. Sie ahnte Schlimmes. Johann schloss die Nachbarstüre und als er auf ihre Wohnung zutrat, öffnete sie ihm.

„Ist sie tot?" – fragte sie in der Hoffnung auf eine verneinende Antwort.

„Ja, ist sie", antwortete Johann, setzte sich in die Küche und nahm den Kopf zwischen seine Hände. Schweigen erfüllte den Raum.

Johanna setzte sich ebenfalls und begann leise zu weinen. Noch nie zuvor war sie so nahe mit dem Tod, in diesem Falle sogar mit Mord, konfrontiert gewesen. Schlagartig wurde ihr bewusst, dass dieser Mann dasselbe mit ihr vorgehabt hatte. Ein tiefer Schrecken ergriff ihr ganzes Wesen und sie hatte das Gefühl, der Mörder würde sich immer noch unsichtbar im Raum aufhalten. Tiefe Unsicherheit und Angst überkamen sie.

Nach einer Weile sah Johann auf und sprach mit ernster, entschlossener Stimme: „Ab morgen wohnst du für eine gewisse Zeit bei deiner Schwester Anneliese. Ich gehe nachher runter, rufe Werner im Hotel an und frage ihn, ob das möglich ist. So wie ich beide kenne, glaube ich aber nicht, dass es damit ein Problem gibt."

Johanna sagte nichts. Sie verstand sich sehr gut mit ihrer Schwester und Werner, deren Mann, war ein äußerst angenehmer Zeitgenosse. Er war Portier im eleganten, ehrwürdigen Hotel Stefanie in der Taborstraße. Sie wohnten nicht weit weg vom Hotel, in der Karmelitergasse, die auch nur zehn Minuten Fußweg von der Unteren Donaustraße entfernt war. Sie besuchten sich oft, vor allem am Wochenende. Anneliese war, im Unterschied zu Johanna, eine quirlige Frau, die ohne Unterbrechung etwas zu erzählen hatte. Johann hatte einmal festgestellt, dass sich die zwei Schwestern wie Plus- und Minuspol verhielten, die sich aber gegenseitig anzogen und ein Herz und eine Seele waren. Werner war der Stillere, dafür aber auch der Bedächtigere.

Der Weg, den Johann und Johanna zu den beiden gingen, wenn sie sie besuchten, führte sie mitten durchs ehemalige Judenviertel. Auch durch die Komödiengasse. Der Zufall hatte es aber nicht zugelassen, dass es jemals zu einer unheimlichen Begegnung gekommen war. Das war den beiden aber nicht bewusst gewesen. Und natürlich einem gewissen Herrn Radler ebenfalls nicht, der in dem Augenblick, in dem an den Wochenenden die beiden an dem Haus, in dem er wohnte, vorbeigingen, gerade die Wiener Straßenkarte studierte in dem Versuch, sein Opfer einzukreisen.

Draußen hörte man wieder Stimmen und Johann ging hinaus. „Chef, kann ich Sie mal sprechen?"

„Ja, natürlich. Lassen Sie uns etwas zur Seite gehen!"

„Ich möchte, dass Johanna ab morgen eine Zeitlang bei ihrer Schwester wohnt. Mir ist es zu riskant, sie tagsüber hier alleine zu lassen. Es ist auch nicht möglich, das Haus ständig von der Außenwelt abgesperrt zu halten. Aber eine Bitte habe ich diesbezüglich: Wäre es möglich, den Personenschutz – als Tarnung sozusagen – für ein paar Tage hier aufrecht zu erhalten? Ich gehe davon aus, dass unser Täter das Haus beobachtet und er soll im Glauben bleiben, sie wohne noch hier."

„Hm", überlegte Baumgartner. „Ich kann mich nicht erinnern, so etwas schon mal getan zu haben." Nach ein paar Sekunden des Nachdenkens antwortete er: „In Ordnung, Johann! Eigentlich eine gute Idee! Ich rufe morgen die Landespolizeidirektion an und regle das."

„Danke, Chef", erwiderte Johann und begab sich zur Concierge, um Werner anzurufen.

***

„Guten Morgen, Herr Lederer! Kommen Sie nur herein! Ich habe uns schon ein schönes Frühstück hergerichtet! Tee, Brot, Salami, Käse und Marmelade. Sie haben sich das verdient. Immerhin haben Sie gestern für mich eingekauft."

„Guten Morgen, Frau Bitter! Vielen Dank!" – erwiderte Milos höflich und setzte sich an den gedeckten Frühstückstisch.

„Bei welcher Baustelle sind Sie denn gerade tätig?" – fragte sie beiläufig.

„Ich werde hin- und hergeschickt, je nachdem, wann und wo ich gebraucht werde", antwortete er ausweichend.

„Ach so, ich verstehe." Sie sah ihren Herrn Lederer prüfend an und sagte: „Finde ich gut, dass Sie sich diesen Oberlippenbart wegrasiert haben. Man hätte von Ihnen einen falschen Eindruck bekommen können, wenn Sie verstehen, was ich meine."

Milos sah sie ebenfalls prüfend an und erwiderte: „Ja, vielleicht haben Sie Recht. Jedenfalls ist er jetzt weg."

„Heute hätte ich etwas Gartenarbeit für Sie. Wäre das in Ordnung?"

Milos tat so, als müsse er überlegen und sagte dann zu. Heute wäre es, obwohl er sein Aussehen verändert hatte, noch zu riskant, in die Stadt zu fahren. Wobei er die Baskenmütze auch nicht mehr aufsetzen konnte. Deshalb würde er in zwei, drei Tagen als Erstes in die Mariahilfer Straße fahren und sich einen normalen Hut kaufen.

Die nächsten Minuten verbrachten sie schweigend. Dann, als sie fertig gefrühstückt hatten, stand Frau Bitter auf mit den Worten: „So, lassen Sie uns in den Garten gehen! Ich zeige Ihnen, was zu tun ist." Sie hatte in den vergangenen Tagen bereits festgestellt, dass er kein geborener Gärtner war, aber er konnte gut zupacken.

Auf dem Weg zurück ins Haus sah sie, dass die Zeitung im Zaun steckte. Sie griff sich den *Kurier* und freute sich auf die Lektüre. Die Zeitung war ein früher Höhepunkt des Tages. Zu den Nachbarn, alle wesentlich jünger als sie selbst, hatte sie aus einem Grund, den sie nicht begriff, kein besonders gutes Verhältnis. Vielleicht war es nur ein Generationenproblem. Erneut machte sie es sich an dem Küchentisch gemütlich, setzte die Lesebrille auf und sofort fiel ihr die fettgedruckte Schlagzeile ins Auge: „FRAU IN DER EIGENEN WOHNUNG ERWÜRGT!"

„Schon wieder so ein brutaler Mord!" – murmelte sie vor sich hin und begann den Bericht zu lesen. Als sie die Beschreibung des Verdächtigen sah, stockte ihr plötzlich der Atem. Konnte das ein Zufall sein? Natürlich, es gab relativ viele Männer, die diesen Hitlerschnurrbart trugen, aber wie viele von ihnen trugen eine Baskenmütze? Und auf wie viele passte die restliche Beschreibung des Täters? Ein unangenehmes Gefühl durchdrang sie. Fragen kamen hoch, die sie beiseitegeschoben hatte: Wieso hieß er als Jugoslawe Lederer? Sie wollte ihm schon länger diese und andere Fragen stellen, aber instinktiv hatte sie es gelassen. „Hauptsache er benimmt sich anständig", hatte sie gedacht, „und hilft mir hier gut." Jetzt hatte sie zumindest eine Vorstellung von den Antworten ...

Vom Küchenfenster aus konnte sie über die Terrasse hinweg in den Garten schauen. Da der Boden vom Haus zum Garten abschüssig verlief, befand sich die Wohnebene quasi im ersten Stock, auch wenn von der Hofeingangsseite nur vier Teppen zum Hauseingang führten.

Herr Lederer – dieser Name allerdings klang ab sofort merkwürdig fremd in ihren Ohren – war fleißig bei der Arbeit. Frau Bitter überlegte kurz, was sie tun sollte. Das Leben hatte sie gelehrt, Entscheidungen zu treffen. Im Ersten Weltkrieg hatte sie ihre beiden Söhne verloren.

Kurz danach verstarb ihr Mann an Tuberkulose und seitdem hatte sie sich allein durchgeschlagen. Öfters einmal hatte ihr ein sicherer Instinkt bei Problemen, die sie lösen musste, geholfen. Auch dieses Mal spürte sie, dass es keinen anderen Weg gab. Sie wollte nichts riskieren. Schnell zog sie sich ihren Sommermantel an und verließ das Haus. Vom Garten aus konnte man den Hofeingang auf der anderen Seite nicht einsehen. Sie ging, so schnell es ihre altersschwachen Beine zuließen, zu Nachbarn in die Pausingergasse, von denen sie wusste, dass sie ein Telefon hatten. Von dort aus würde sie die Polizei anrufen.

Langsam näherten sich die Polizisten dem Haus. Die Polizeiinspektion Linzer Straße hatte nach Frau Bitters Anruf das Kommissariat Landgraben verständigt, sodass sich nun zehn Polizeibeamte vor Ort einfanden. Die Autos hatten sie in der Pausingergasse geparkt und ohne Sirenengeheul gefahren. Die Örtlichkeit wurde ihnen von Frau Bitter beschrieben, sodass sie genau wussten, was zu tun war. Der Verdächtige hatte keinen Ausweg aus dem Garten. Theoretisch hätte er über den hohen Zaun klettern können, dann aber ging es mit einer steilen Böschung mindestens zehn Meter hinab. Das war lebensgefährlich, aber für alle Fälle war eine Polizeistreife auch zu den Gärten auf der anderen Seite der Böschung unterwegs.

Leise öffneten sie das Hoftor. Eine Vierergruppe ging mit gezückter Waffe die vier Treppenstufen hoch zum Hauseingang und wartete ab. Die anderen gingen rechts am Haus vorbei in den Garten. Noch bevor sie ihn betraten, sahen sie, dass dort niemand war. Der Garten hatte eine fast quadratische Form und war gut einsehbar. Dann wandten sich zwei Beamte dem Kellereingang zu, der sich ebenerdig unter der Terrasse befand. Sie drangen in die Räumlichkeiten ein. Es handelte sich um drei kleine Räume. In einem befand sich eine Matratze mit Decke und Kissen, aber der Keller war leer. Wie auf ein Signal stellten sich vier Beamte zwei Meter vor der Terrasse im Obergeschoss auf, sodass sie alles überblicken konnten und riefen durchs mitgebrachte Megaphon: „Das Haus ist umstellt! Treten Sie mit erhobenen Händen heraus! Sie haben zehn Sekunden! Dann stürmen wir das Haus!"

Die Zeit verstrich und nichts bewegte sich. Die Beamten hatten den Wohnungsschlüssel dabei und sperrten auf. Baumgartner und Johann traten als Letzte ein, aber sie hatten bereits das Signal bekommen: „Gesichert!" Das bedeutete, niemand war im Haus. Der Wohnraum des Häuschens erstreckte sich über nur ein kleines Geschoss mit kleiner Diele, dann Sitzecke mit Ausgang zur Terrasse, Küche, kleines Wohn- und Schlafzimmer. Hinter der Küche befand sich das Bad und davor eine Toilette.

Die Wohnung war leer. Der Verdächtige ausgeflogen. „Unglaublich!" – rief Baumgartner aus. „Zwischen dem Anruf bei der Polizei und unserem Einsatz ist nicht mehr als eine halbe Stunde vergangen! Der hat's gerochen!"

„Kein Wunder!" – stellte Johann fest. Auf dem Küchentisch lag der *Kurier* geöffnet bei der großen Schlagzeile und dem Bericht über den Mord am Tag zuvor.

„So ein Reinfall!" – seufzte Baumgartner. „Johann, du gehst noch einmal in die Pausingergasse zu Frau Bitter und fragst sie im Detail aus. Sie soll uns eine genaue Beschreibung des Manns geben, seit wann er bei ihr wohnt und so weiter! – Ich warte hier auf die Spurensicherung", ergänzte er und ging hinaus. Johann hörte ihn den anderen zurufen. „Rückzug! Hier ist nichts mehr zu holen!"

So begab er sich noch einmal zu Frau Bitter, ohne zu wissen, dass das Schicksal sie in der Zukunft noch einmal zusammenführen würde.

***

Er hatte keine Wahl. Er wusste, dass man ihn, wenn man ihn zu Fuß mit dem Rucksack am helllichten Tag antreffen würde, schnappen würde. Er musste den Bus nehmen und hoffen, dass die Fahndung nach ihm nicht so schnell greifen würde. Dann wäre er bald in der Stadt. Zuerst fuhr er zum Westbahnhof und schloss den Rucksack in einem Schließfach ein. Als das geschehen war, atmete er tief ein und grinste vor sich hin. Noch ein Risiko überstanden! „So schnell fassen die mich nicht!" – dachte er und ein Gefühl der Stärke, ja der Macht überkam ihn. Der Adrenalinstoß, den er erlebte, gab ihm das Gefühl, dass er alles schaffen konnte! Dann ging er entspannt weiter. Man würde nach einem Mann mit Rucksack suchen, nicht nach ihm. Und nachdem er in der Mariahilfer Straße einen ordentlichen Hut gekauft hatte, wäre er von anderen nicht mehr auseinanderzuhalten. Vielleicht sollte er sich einen Vollbart wachsen lassen. Aber zuerst musste er noch etwas erledigen.

Milos wusste auch nicht, wo er am Abend unterkommen würde. Er hatte immer noch den Wohnungsschlüssel aus der Komödiengasse. Dort würden sie ihn vermutlich nicht gleich suchen. Und wenn nach der langen Zeit bereits jemand anderes dort wohnte? Dann wird man ja sehen, wer der Stärkere ist! Milos verlor keinen weiteren Gedanken daran. Er fühlte sich gerade unbesiegbar.

Er hatte intuitiv alles richtig gemacht. Während er im Garten arbeitete, fiel ihm ein: „Die Zeitung!" So ging er zum Hoftor. Die Zeitung hätte längst da sein müssen! War aber nicht da. Er ging zur Haustüre und klopfte an. Frau Bitter antwortete nicht. Durch das milchige Glas der Eingangstüre erkannte er im Gegenlicht, dass sie nicht am Küchentisch saß. Auf dem Tisch lag ausgebreitet: die Zeitung! Da wusste er, was los war. Er packte in Windeseile seinen Rucksack und lief los. Sie konnten ihn nicht kriegen! Sie würden sich noch wundern! Die Zeit war gekommen! Er musste es zu Ende bringen! Sein nächstes Ziel würde der Naschmarkt sein. Dort würde er die richtigen Leute treffen.

***

„Das ist eine wunderschöne Nachricht!" Johanna ging entzückt auf ihre Schwester zu und umarmte sie. Sie hatten es sich gemütlich gemacht im Wohnzimmer und Werner schenkte ihr und sich gerade einen Grünen Veltliner aus dem Burgenland ein. Anneliese mischte sich einen Holundersaft mit Sodawasser. „Was ist mit dir?" – hatte Johanna gefragt. „Du magst doch den Wein so gerne!"

„Ich darf nicht beziehungsweise möchte nicht", hatte sie lächelnd gesagt und es hatte einige Sekunden gedauert, bis bei Johanna der Groschen fiel.

„Wie weit ist es schon?" – fragte sie nach der Umarmung immer noch begeistert.

„Noch sehr früh. Etwa sechs Wochen", antwortete Anneliese und langte sich an den Bauch, dem man trotz ihrer äußerst schlanken Figur noch nichts ansah.

Werner hob sein Glas und Johanna reagierte sofort mit einem Trinkspruch: „Ich freue mich für euch und wünsche euch alles Gute in dieser Zeit der frohen Erwartung!"

„Ich freue mich, dass du hier bist, Johanna", antwortete Anneliese. „Besser für dich als zu Hause in Sorge zu sitzen. Und wenn du zur Schneiderei fährst, müsstest du immer Angst haben, dass dich dieser Verrückte verfolgt. Weshalb hat er es denn auf dich abgesehen?"

„Na weil er eigentlich Johann schaden will. Er will ihm wehtun, indem er diejenigen tötet, die ihm nahestehen. Deshalb hat er auch Istvan getötet, den Mann, der Johann seinerzeit nach Österreich geschmuggelt hat. Als Heizer. Traurigerweise ist Istvan sein Beruf zum Verhängnis geworden. Ausgerechnet der Mann, den er als Heizer vermitteln wollte, hat ihn ermordet."

„Ja, wir wissen Bescheid", erwiderte Werner. „Ich frage mich, wer als Nächstes dran ist. Wann wird er sich Johann selbst vornehmen? Ich hoffe, Johann trägt seine Waffe immer bei sich. Man kann nie wissen, wann dieser Irre zuschlägt."

„Johann hat die Waffe immer bei sich. Normalerweise mag ich das gar nicht, aber in diesem Fall bin ich eher beruhigt in dem Wissen, er kann sich verteidigen."

„Vorausgesetzt er gerät nicht in einen Hinterhalt ..."

„Werner!" – rügte ihn Anneliese, „sag so etwas nicht!"

„Tut mir leid, ich wollte dich nicht beunruhigen, Johanna", reagierte Werner sofort.

„Wir müssen in dieser schwierigen Situation den Teufel nicht noch an die Wand malen!" – setzte Anneliese nach.

„Ist schon in Ordnung. Glaubt mir, ich habe mir all diese Gedanken ohnehin gemacht", sagte Johanna, worauf sie erst einmal eine Zeitlang schweigend dasaßen.

„Wieviel Uhr ist es?" – fragte sie nach einer Weile.

„Halb sieben", antwortete Werner.

„Johann muss bald kommen. Bin gespannt, ob er Post erhalten hat. In den letzten zwei Jahren hat er schon zehn Mal nach Hause geschrieben, in seine Heimat nach Weißkirch in Siebenbürgen. Er weiß bis heute nicht, ob die Briefe überhaupt angekommen sind. Das kommunistische Regime in Rumänien unterbindet offenbar jeden Briefwechsel mit dem Westen."

„Mal sehen, wie es aussieht, wenn Österreich seine Neutralität verkündet. Nachdem die Sowjets vorhaben, einen militärischen Pakt mit den kommunistisch regierten Ländern unter ihrer Besatzung zu gründen, und im Westen bereits ein militärischer Pakt besteht, NATO genannt, hat sich Österreich entschlossen, nach Abzug aller Besatzungstruppen im nächsten Jahr neutral zu bleiben", erklärte Werner, der bei diesen politischen Themen gut informiert war.

„Werden die Russen auch gehen?" – fragte Anneliese.

„Ja, die Sowjets, Amerikaner, Briten und Franzosen. Alle werden gehen. Ist schon beschlossene Sache", erwiderte Werner.

„Glaubst du, dass die Rumänen dann den Briefwechsel mit Österreich eher zulassen?" – fragte Johanna.

„Ist gut möglich. Gerade in diesen Zeiten, in denen sich ein ‚kalter Krieg' zwischen Ost und West anbahnt."

„Nicht schon wieder ein Krieg!" – erwiderte Anneliese.

„Kein richtiger Krieg. Eher ein ideologischer", dozierte Werner.

„Ich weiß, ich weiß, aber dieses Wort ist mit so viel Leid behaftet!"

„Da hast du Recht, meine Liebe", gab er zu.

„In letzter Zeit ist Johann öfters traurig, dass er keine Nachricht von zu Hause erhält. Ich glaube, das Heimweh plagt ihn ganz gehörig", warf Johanna ein.

„Das verstehe ich gut", pflichtete ihr Werner bei, „er musste so jung – wie alt war er da, zwanzig? – in den Krieg ziehen, hat dort so viel durchgemacht und weiß seitdem nicht mehr, was zu Hause los ist. Das ist schon hart. Wie viele Geschwister hat er? Vier, glaube ich."

„Ja, vier", antwortete Johanna, „alles Schwestern". „Wieviel Uhr haben wir jetzt?" Dieses Mal drückte ihre Frage eine gewisse Ungeduld aus. Im Grunde war sie immer etwas ungeduldig, wenn sie wusste, dass es an der Zeit war für Johann, nach Hause zu kommen. Die Sorge um ihn und die Hoffnung, dass er unversehrt heimkam, begleiteten sie jeden Tag. Erst recht nach den Vorfällen in letzter Zeit.

„Viertel nach sieben", antwortete Werner. „Weißt du was? Ich gehe ihm mal entgegen. Ich kenne seinen Weg hierher. Würde dich das beruhigen?" – fragte er feinfühlig.

„Das ist nett von dir", erwiderte Johanna.

„Gut, dann bis gleich." Er zog eine leichte Jacke an, denn es war abends schon frisch, setzte seinen Hut auf und verließ die Wohnung.

„Komm, lass uns etwas zum Abendbrot herrichten. Johann hat bestimmt Hunger, wenn er kommt", forderte

Anneliese ihre Schwester auf, wenn auch nur zur Ablenkung.

„Ja, gut", erwiderte Johanna.

***

Wie jeden Abend seit ein paar Tagen machte er sich auf den Weg zur Wohnung seiner Schwägerin und seines Schwagers. Es beruhigte ihn sehr, dass er Johanna in Sicherheit wusste. Darüber hinaus hatte Anneliese darauf bestanden, dass sie Johanna zur Schneiderei in die Mariahilfer Straße begleitete, wenn diese dort einmal wöchentlich die Schneiderarbeiten abgeben und abholen sollte. Sie wollten zu Fuß gehen. Dieser ausgedehnte Spaziergang würde beiden guttun, da sie ansonsten auf Johanns Drängen hin auf weitere Ausgänge verzichteten. Dafür konnte Johann bequem mit dem gemeinsamen Fahrrad in die Arbeit fahren, was für ihn nicht zuletzt auch einen gewissen Zugewinn an Sicherheit darstellte.

Er steckte eine Flasche Burgenländer Wein als Mitbringsel ein. Da er heute zu Hause schlafen würde – er wollte die Gastfreundschaft der beiden nicht zu sehr strapazieren und übernachtete nur ab und zu dort, obwohl es Johanna gerne öfters gehabt hätte – in letzter Zeit war sie in jeder Hinsicht sehr liebesbedürftig gewesen – ging er zu Fuß los, um sich die Beine in der frischen Abendbrise zu vertreten.

Durch die Czernin-Passage erreichte er die Czerningasse, bog links ab und gelangte nach wenigen Minuten in die Praterstraße, wo er abermals links abbog und nach zwanzig Metern, nachdem er die Straße überquert hatte, in die Komödiengasse ging. Mehr als die Hälfte des

Weges hatte er schon hinter sich, als er vor sich nebenbei wahrnahm, wie ein Mann vor einem großen geschlossenen Hoftor stand und dabei war aufzusperren. Als Johann an ihm vorbeiging, trafen sich ihre Blicke. Der Mann hatte sich auch wie nebenbei umgedreht und Johann angeschaut. Johann durchfuhr es eiskalt! Dieses unrasierte Gesicht! Diese Augen, die ihn regelrecht gehetzt anstarrten! Trotz des viel zu eleganten Hutes, der dessen Stirn bedeckte, wusste Johann sofort, wen er vor sich, besser gesagt hinter sich hatte! Für einen schmerzhaften Augenblick lang befand er sich wieder in der Grube, die er unter der Aufsicht dieses Mannes gegraben hatte. Er war bereits ein paar Schritte weitergegangen, bis ihm klar wurde, was er tun musste: „Waffe ziehen!" Er griff zu dem Halfter, knöpfte die Lasche auf und spürte schon den Griff der Pistole an der Hand. Ein Schlag unter der rechten Schulter, gefolgt von einem Knall, der ihm vertraut war, ein stechender Schmerz, der ihn plötzlich lähmte! Die Beine gaben nach, er merkte gerade noch, wie sich der Boden seinem Gesicht näherte und dann wurde es dunkel … in ihm und um ihn …

***

Sechs Tage waren inzwischen verstrichen. Seine Hauptbeschäftigung bestand darin, eine neue Wohnung zu suchen. Die in der Komödiengasse war tatsächlich schon vergeben. Wie erwartet aber, war es kein Problem gewesen, den neuen Bewohner auszuschalten. Ein Kinnhaken, Messer an die Kehle, ein Schnitt und die Sache war erledigt. Dieses Mal musste er sich auch nicht mehr um die Entsorgung der Leiche kümmern. Er zerrte sie in eine

Ecke in der Küche, bedeckte den toten Körper mit einer Decke und beachtete ihn fortan nicht mehr. Er musste lediglich dafür sorgen, dass er die Wohnung endgültig aufgab, bevor die Verwesung zu sehr voranschritt. In drei Tagen müsste es klappen, dachte er zuerst. Leider musste er feststellen, dass es andernorts in Wien nicht so einfach war, „schwarz" eine Wohnung zu bekommen. Wegen der Geschehnisse der letzten Zeit und der damit verbundenen Fahndungsmeldungen waren selbst zwielichtige Vermieter besonders vorsichtig geworden. Das Judenviertel musste er auf alle Fälle verlassen. Nach fünf Tagen ergebnislosen Suchens rechnete er schon damit, irgendwo im Freien übernachten zu müssen, denn die Leiche stank bereits unerträglich und abgesehen von der eigenen unangenehmen Lage würden sich die Nachbarn bald fragen, wo der Geruch herkam. Wien konnte er nicht verlassen. Alle Züge und Überlandbusse wurden polizeilich kontrolliert. Sein ursprünglicher tschechischer Ausweis war längst nicht mehr gültig und auf seinen richtigen Namen hatte er ohnehin keine Aufenthaltsgenehmigung.

Heute, am sechsten Tag, war es endlich soweit gewesen. Ein alter verschrobener Mann, der sich aber als Halsabschneider entpuppte, denn er verlangte viel zu viel für seine Bruchbude, vermietete ihm die Wohnung „schwarz", allerdings nur bei monatlicher Vorauszahlung. So kehrte Milos zufrieden zurück in die Komödiengasse. Er würde seine sieben Sachen abholen und sofort weiterziehen in die Pyrkergasse im Stadtteil Oberdöbling.

Er war gerade dabei, das Hoftor aufzusperren, als ein Mann auftauchte, dessen Gang ihm bekannt war. Es war zuerst nur ein unbewusstes Gefühl. Sobald aber dieser an ihm vorbeiging, wusste er es! Sein Hassobjekt! Viel Zeit zum Überlegen blieb ihm nicht! Er hatte sich schon vor einigen Tagen vorgenommen, seine Aufgabe, seinen heiligen Auftrag zu vollenden. Dessen Freund zu töten hatte ihn nicht so sehr befriedigt, wie er es sich erhofft hatte. Dessen Geliebte genüsslich dafür zu bestrafen, dass sie sich so einen hinterhältigen Deutschen ausgesucht hatte, hätte ihm diese Befriedigung vielleicht gebracht, aber langsam erschien ihm das Risiko zu hoch in dem Bewusstsein, dass es nicht mehr so leicht war, an sie heranzukommen. So hatte er sich am „schwarzen Naschmarkt" nach zunächst erfolglosen und danach beharrlich gebliebenen Versuchen eine Pistole besorgt. Er hatte nur fünf Schuss Munition, aber für das, was er vorhatte, würde sie reichen.

In dem Augenblick, in dem er bemerkte, dass der andere zu seiner Waffe griff, hatte Milos seine schon in der Hand und schoss. Der Knall hallte ungewöhnlich laut in der menschenleeren Gasse und Milos wusste, das musste jetzt schnell gehen. Sein Opfer war langsam, aber völlig hilflos mit dem Gesicht nach unten zu Boden gegangen und blieb regungslos liegen. Er packte es am Jackenkragen und zog es in den Eingangsbereich jenseits des Hoftores. Wie einen vollen Kartoffelsack ließ er den Körper auf das Steinpflaster fallen und eilte zu seiner Wohnung. Fünf Minuten später war er unterwegs in den Norden der Stadt.

***

Eng umschlungen saßen Johanna und Anneliese im Wartezimmer der Notfallchirurgie. Werner lief auf und ab nicht nur aus Sorge über den Ausgang der Notoperation, sondern auch um die Aufregung der letzten Stunde zu verdauen.

Gerade als er in die Komödiengasse eingebogen war, sah er schon von Weitem das blinkende Leuchten der Polizeilichter. Als er vorbeigehen wollte, wurde er aufgehalten. „Warten Sie bitte, bis der Verletzte in den Krankenwagen gebracht wurde! Einen Augenblick Geduld, bitte sehr!"

„Wer wurde denn verletzt, bitte?" – hatte Werner in böser Vorahnung gefragt. Für einen Wiener war diese auffällige Höflichkeit, die jeder Anfrage und Aussage ein „Bitte" oder gar „Bitte sehr" anhängte, selbstverständlich, in dem Augenblick aber nervte es ihn.

„Darf ich Ihnen nicht sagen, bitte!"

„Handelt es sich um einen Mann Mitte dreißig? Sagen Sie es mir, bitte! Wenn das so wäre, dann bin ich sein Schwager! Wollte ihm hier entgegengehen."

„Warten Sie einen Augenblick hier, bitte sehr!" Der Polizist ging hinüber zu einem Beamten in Zivil, besprach sich mit ihm und kehrte zurück: „Chefinspektor Baumgartner kommt sofort zu Ihnen."

Werner hatte diesen Namen schon einmal gehört. Und zwar in Verbindung mit Johann. War es nicht dessen Vorgesetzter? Was machte das Kommissariat Landgraben hier? War nicht das Revier Innere Stadt zuständig? Langsam wusste er Bescheid, noch bevor Kommissar Baumgartner zu ihm kam.

„Es ist Johann, nicht wahr?" – sagte er zum Inspektor, als dieser auf ihn zutrat.

Baumgartner stutzte für einen Moment und antwortete mit einer Gegenfrage: „Sie sind sein Schwager?"

„Ja, mein Name ist Schobel, Werner Schobel".

„Woher wussten Sie, dass es Johann ist?"

„Ich wollte ihm entgegengehen, da ich wusste, dass er auf dem Weg zu uns war. Seine Verlobte hat sich über seine Verspätung Sorgen gemacht und ich wollte sie mit diesem Gang beruhigen. Jetzt muss ich ihr eine schlechte Nachricht bringen. Wie schwer ist er verletzt?"

„Wir wissen es noch nicht. Könnte schwer sein. Immerhin lebt er noch, aber er ist ohnmächtig."

„Was ist ihm widerfahren?"

„Er wurde angeschossen."

„Von dem Verrückten?"

„Wenn Sie unseren Serienmörder meinen, das wissen wir noch nicht. Uns war nicht bekannt, dass er eine Waffe hätte. Es könnte auch ein ganz anders gearteter Überfall gewesen sein. Wir untersuchen das noch."

„In welches Krankenhaus wird Johann gebracht?"

„Gleich hier um die Ecke, ins Krankenhaus der Barmherzigen Brüder."

„Danke, Kommissar!"

Nun war das Schlimmste tatsächlich eingetreten. Auch wenn der Kommissar nicht bestätigen konnte, dass dieser Verrückte der Täter war, Werner ahnte es. So falsch war er mit der Befürchtung nicht gelegen, dass Johann in einen Hinterhalt geraten könnte. Und auch wenn er es bedauert hatte, das vor Johanna gesagt zu haben, sah er sich hinterher unglücklicherweise in seiner Befürchtung bestätigt.

Sie wurden darauf hingewiesen, dass die Operation Stunden dauern könnte. Man würde sie unter der angegebenen Telefonnummer verständigen, wenn die Operation beendet sei. Johanna wollte aber nicht gehen. Sie hatte das Gefühl, Johann im Stich zu lassen, wenn sie ginge. Werner hatte Anneliese zur Seite genommen und gefragt: „Ist es nicht zu aufregend für dich? Soll ich dich nicht nach Hause bringen?" Anneliese hatte es aber entschieden abgelehnt. Sie wollte ihrer Schwester in diesen schweren Stunden beistehen. So stellte sich Werner auf einige Wartestunden im Krankenhaus ein.

Baumgartner hatte nicht die Wahrheit gesagt. Warum auch sollte er Johanns Schwager beunruhigen? Die machten gerade genug durch. Aber er wusste es natürlich. Es war kein Zufall, dass Johann hier in der Komödiengasse angeschossen und ausgerechnet hinter dem Hoftor gefunden wurde, wo vor einiger Zeit ein gewisser Herr Radler plötzlich seine Wohnung verlassen hatte. Johann hätte das auch wissen müssen, aber natürlich hatte niemand damit gerechnet, dass dieser Herr Radler alias Moritz Berger alias Geiger alias Lederer hierher zurückkehren würde. Zumal die Wohnung bestimmt weitervermietet worden war. Koller war gerade dabei, sich bei den Nachbarn nach der besagten Wohnung zu erkundigen. Die entsprechende Akte befand sich im Revier in Baumgartners Büro und auswendig wusste er die Details nicht mehr.

„Chef!" – Koller rannte regelrecht auf Baumgartner zu. „Der Nachmieter ist ebenfalls tot! Die Leiche verwest seit einigen Tagen vor sich hin. Der Gestank ist schier unerträglich. Die Nachbarn hätten heute ohnehin die Polizei verständigt."

„Jetzt wissen wir, weshalb Berger wieder da war. Verdammt! Wir hätten es besser wissen müssen! Nachdem er Frau Bitters Haus verlassen hatte, musste er ja wieder irgendwo unterkommen! Was haben wir uns da nur ge-

dacht!" Baumgartner fasste sich an den Kopf und lief
verärgert auf und ab. „Stattdessen haben wir die Kontrollen in den aus Wien herausführenden Verkehrsmitteln
verstärkt! Dann hätten wir einen Schritt weiterdenken
müssen!" Mit großen Augen sah er Koller an.

„Tut mir leid, Chef."

„Hör auf, ist doch nicht deine Schuld! Wir haben alle
versagt und Johann … hoffentlich überlebt er!" In seinem
Ärger vergaß er, dass er Koller, seitdem dieser Vollin-
spektor geworden war, respektvoll siezte.

***

Die Leere, die er unbewusst gefürchtet hatte, trat letzten
Endes nicht ein. Das hatte aber einen ganz bestimmten
Grund: die Lektüre des *Kuriers* am nächsten Morgen.
Vorher aber, als er abends in seiner neuen Wohnung
angekommen war, hatte er ein merkwürdiges Gefühl gehabt. Die Begegnung war so unerwartet gewesen, dass er
den Schuss auf seinen Urfeind nicht genießen konnte.
Nach all den Morden, die er vorher begangen hatte – er
bezeichnete sie als „Bestrafungen" – hatte er dieses Mal
überhaupt keine Erregung verspürt. Nur Eile. Er wusste,
dass man nach dem laut hallenden Knall der Pistole bald
nachschauen würde, was los war. Deshalb machte er so
schnell es ging, dass er wegkam. Zuhause angelangt, war
ihm alles etwas unwirklich vorgekommen. Sollte es das
gewesen sein? All die Jahre voller Hass und Rachegedan-
ken sollten jetzt vorbei sein? Was bliebe ihm jetzt noch?
Milos hatte seine Gefühle noch nicht sortieren können.

Am nächsten Morgen besorgte er sich die Zeitung und
als er die Meldung las, dass in der Komödiengasse jemand

angeschossen und ins Krankenhaus eingeliefert wurde, war er gar nicht so sehr enttäuscht. Ein gutes Gefühl kam in ihm auf: Er hatte weiterhin ein Ziel, einen Sinn in seinem Alltag! Kurze Zeit überlegte er, ob er ausfindig machen sollte, in welchem Krankenhaus sein Opfer lag, und dort sein Werk vollenden. Diese Gedanken verflogen aber, denn er musste damit rechnen, dass im Krankenhaus Wachen aufgestellt wurden. Es war also angebracht, diesbezüglich erst einmal nichts zu tun. Das beruhigte ihn sogar. Es bestand keine Eile. Der richtige Augenblick würde sich irgendwann einstellen.

Langsam ging sein Geld aus und deshalb war es derzeit wichtiger, eine Arbeit zu finden. Er rechnete damit, dass dieses Unterfangen durch die Überempfindlichkeit der Wiener nach all den Geschehnissen in letzter Zeit wie bei der Wohnungssuche schwerer sein würde. Auf der anderen Seite erfüllte ihn das mit einem gewissen Stolz und mit Befriedigung. Es bestätigte das Machtgefühl, das er in sich trug.

***

Er wollte gerade fragen, wer an der Türe gewesen war, als Johanna eintrat und zu ihm sagte: „Rate mal, wer da ist!" Johann erhob sich leicht aus seinem Krankenbett:

„Noémi, was für eine Überraschung! Schön dich zu sehen!"

„Wie geht es dir, Johann? War so erschrocken, als ich vom Angriff auf dich hörte!"

„Wie du siehst, geht es mir wieder gut. Kein Wunder bei dieser Pflege!" – erwiderte Johann und lächelte dabei seine Verlobte an. „Geht schon mal ins Wohnzimmer! Ich ziehe mir was an und komme sofort nach."

„Ich möchte keine Umstände machen! Du musst dich bestimmt noch schonen."

„Ich schone mich den ganzen Tag! Bin ganz froh, dass du gekommen bist! So kann mich Johanna nicht weiter zur Bettruhe zwingen", gab er schelmisch lächelnd zurück.

„Er ist schon wieder ganz der Alte", wandte sich Noémi im Wohnzimmer an Johanna.

„Ja, bestimmt. Aber als Patient unleidlich! Habe ihm schon mit Liebesentzug gedroht, wenn er sich nicht an die Anordnung des Arztes hält."

„Und, folgt er dir?"

„Ja, aber ich fürchte, nicht aus Einsicht sondern aus Angst vor dem Liebesentzug", zwinkerte Johanna ihr zu.

„Hast du ein Glück! Ich weiß ja, dass du nichts dagegen hast ...", wollte Noémi das Frauengespräch fortsetzen, aber Johann betrat das Wohnzimmer und das Gespräch verstummte.

„Soll ich wieder gehen? Habt ihr Wichtiges zu besprechen?", sagte er scheinbar ernst und tat so, als wolle er umkehren.

„Sei nicht albern!" – fuhr ihn Johanna ebenfalls im Spaß an. „Komm und setz dich!"

„Heute ist sowieso ein besonderer Tag. Dein Besuch, Noémi, stellt die Krönung dar", begann Johanna mit einem neuen Thema.

„Oh, danke, zu viel der Ehre! Übertreib nicht so, meine Liebe! Was ist denn besonders heute?"

„Heute hat Johann endlich einen Brief aus seiner Heimat in Rumänien erhalten. Nach jahrelangem Bangen und Warten. Es ist, als hätte das Schicksal einen Ausgleich zu der gegenwärtigen schweren Zeit herstellen wollen. ‚Ich hätte nicht sterben wollen ohne das Wissen, wie es meinen Nächsten in Siebenbürgen geht', hat er gesagt. Nicht wahr Schatz?"

„Sind es gute Nachrichten?" – fragte Noémi.

Johann sah sie ernst an. „Gemischt", antwortete er kurz angebunden. Noémi merkte, dass er sich sortieren musste, und sagte vorerst nichts weiter.

„Mein Vater ist inzwischen verstorben und eine meiner Schwestern auch", begann Johann offensichtlich in der Absicht, mehr zu erzählen.

„Du hattest vier, nicht wahr?" – unterbrach ihn Noémi.

„Ja. Zirri war die Zweitälteste und ist schwer krank aus Sibirien zurückgekehrt. Sie verstarb kurz nach der Ankunft zu Hause in Weißkirch.

„Weshalb war sie denn in Sibirien?"

„Alle Siebenbürger Sachsen, die ja deutschstämmig sind, wurden von den Russen verschleppt, unabhängig davon, ob sie im Krieg waren oder nicht. Wer der Deportationswelle entkam, hatte Glück. Wie meine anderen drei Schwestern. Lissi, die den Brief geschrieben hat, hatte sich seinerzeit unter den Tisch versteckt. Stell dir das vor! Wie das Schicksal manchmal spielt!"

„Es tut mir leid, von deinem Verlust zu hören, Johann." Noémi sah ihn mitfühlend an. Die Zwei hatten sich in der Zeit nach Istvans Tod rührend um sie gekümmert. Nach den paar Tagen, die sie bis zur Beerdigung bei ihnen wohnen durfte, hatte Johanna sie eine Zeitlang fast jeden Tag besucht. Später, als Johanna aus Sicherheitsgründen zu Hause bleiben sollte, kam Noémi öfters vorbei. Eine tiefe Freundschaft war dadurch entstanden.

„Es gibt auch gute Nachrichten", setzte Johann erneut an: „Lissi ist verheiratet und hat einen fast einjährigen Sohn, den sie in Anlehnung an meinen Namen Hannes getauft haben. Meine Schwester Erna ist ebenfalls verheiratet und es wird dich freuen, das zu hören: Ihr Mann ist Ungar. Allerdings Siebenbürger Ungar, geboren in der sogenannten Ungarischen Autonomen Region mitten in Siebenbürgen. Sein Name ist Élek."

„Oh, das ist ja nett. Mein Onkel heißt auch Élek. Er ist allerdings in Széged geboren und wohnt immer noch dort."

„Also nicht ein und dieselbe Person", konnte Johann wieder lächeln.

„Nein, ich nehme an, das würde auch vom Alter her nicht passen", gab Noémi amüsiert zurück. „Wie alt ist deine Schwester?"

„Achtundzwanzig und ich nehme an, ihr Mann ist auch nicht viel älter", erwiderte Johann.

„Käthe", fuhr er fort, „meine dritte Schwester, die älteste von uns, lebt in Hermannstadt. Sie ist nicht verheiratet, hat aber einen Lebensgefährten. Von ihr wurde mir über Lissi eine interessante Botschaft geschickt. Wir sollen hier in Wien eine entfernte Tante haben. Sie kann sich an den Namen nicht mehr erinnern, wird sich aber erkundigen und Bescheid geben, wenn sie Näheres erfährt."

„Das sind aber wirklich gute Nachrichten, lieber Johann! Man muss nach vorne schauen und deine drei Schwestern machen sich doch gut, oder? Lissi und Erna wohnen noch in eurem Elternhaus in Weißkirch?" – fragte Noémi interessiert.

„Nein, nur Erna. Lissi ist im Krieg nach Bukarest gezogen und hat dort Krankenschwester gelernt. Ihren Mann hat sie auch dort kennengelernt."

„Ist ihr Mann Rumäne?" – fragte Noémi von so vielen Details fast etwas überfordert.

„Nein, er ist ebenfalls Siebenbürger Sachse und stammt, wie Lissi schreibt, aus Großprobsdorf bei Mediasch, zufällig nicht weit weg von Weißkirch."

„Ui, du bist aber sehr gut informiert! Muss ein langer Brief gewesen sein!" – entfuhr es Noémi fast erschlagen von den vielen Informationen.

„Ja, zehn Seiten waren es und ich habe den Brief heute schon fünf Mal gelesen. Kann nicht genug kriegen!" Johanns Augen leuchteten dabei und ein zutiefst zufriedener Ausdruck war in seinem Gesicht zu sehen.

„Deine Schwester hat sich mit dem Brief so viel Mühe gegeben. Woher wusste sie, dass er überhaupt hier ankommt?" – fragte Noémi, der bekannt war, dass Johann schon so lange darauf gewartet hatte.

„Sie wusste es nicht. Aber sie haben nur einen Brief erhalten, meinen letzten, und sind wohl davon ausgegangen, dass er ankommt. Was ja geklappt hat."

„Vielleicht hatte Werner recht mit seiner Vermutung, dass die Ankündigung Österreichs, sich in Zukunft zwischen Ost und West neutral zu verhalten, den Briefverkehr ermöglichen würde", warf Johanna ein, die sich bisher zurückgehalten hatte, da sie merkte, wie wichtig es Johann war, von seiner Familie zu erzählen.

„Ja, kann gut sein", erwiderte Johann und trank ein Schluck Wasser aus dem Glas, das ihm Johanna inzwischen hingestellt hatte.

„Möchtest du ein Glas Wein, Noémi?" – fragte diese bei der Gelegenheit.

„Ich möchte nicht weiter stören, Johanna. Vielleicht ein anderes Mal", antwortete sie.

„Nichts da, Noémi!" – griff Johann ein. „Schau, ich bin doch wieder etwas müde. Das Sitzen strengt mich an. Ich werde wieder in mein Bett gehen und eine Runde dösen. Bleib doch noch da! Ihr könnt dann eure Frauengespräche fortführen" – und während er sie verschmitzt ansah, bedankte er sich für ihren Besuch.

„Gerne! – und gute Besserung, Johann!"

„Danke! – Mit einem gespielten Winken an die beiden begab er sich ins Schlafzimmer.

„Trinkst du jetzt ein Glas Wein?" – fragte Johanna zuversichtlich.

„Danke. Jetzt sage ich nicht Nein", antwortete Noémi und lächelte ihre Freundin an.

***

„Der kommt mir vor wie ein Geist!" – beschwerte sich Baumgartner bei seinem Kollegen Koller. „Wir müssen uns eine neue Strategie überlegen! Wie fängt man einen Geist?"

Koller sah seinen Chef unsicher an. Ja, wie fängt man einen Geist? Er hatte keine Ahnung! Phantasie-Romane, die von Geistern handelten, interessierten ihn nicht. Aber ans Grimmsche Märchen erinnerte er sich. Und tatsächlich, dieser Berger erschien ihm plötzlich wie der freigelassene mächtige Geist Mercurius zu sein, der nur Böses im Sinn hat. Man musste ihn wieder zurück in die Flasche locken! Ihn dann aber nicht mehr herauslassen!

„Locken …" – sagte Koller vor sich hin.

„Wie bitte?" – reagierte Baumgartner, der seinerseits in Gedanken vertieft war.

Koller schaute auf und sagte: „Eine neue Strategie wäre, nicht immer hinterher zu rennen, sondern ihm zuvorzukommen. Wir müssen ihn irgendwie zu uns locken. Ich meine nicht aufs Revier, aber dahin, wo wir ihn haben wollen! Locken oder besser gesagt Ködern!"

„Ja, aber womit?" – erwiderte Baumgartner überrascht von Kollers Vorschlag.

Koller hatte vorher nicht darüber nachgedacht, aber jetzt entwickelte er spontan einen Plan: „Wir müssen uns fragen, was ihn überhaupt locken könnte. Nach all dem, was wir bisher wissen und wenn dabei unsere Schlussfolgerungen richtig sind, ist Johann sein primäres Ziel. An ihm will er sich in erster Linie rächen. Seitdem er ihn im Prater gesehen hat, hatten alle seine Morde damit zu tun, Johann zu treffen beziehungsweise ihm näher zu kommen. Dass er ihn in der Komödiengasse erwischt hat, war vielleicht Zufall. Gott sei Dank hat Johann überlebt. Jetzt wissen wir aber, dass Berger eine Waffe hat. Das macht ihn gefährlicher, als er es ohnehin schon war."

„Sie meinen also, wir sollen Johann als Köder benutzen?" – fragte Baumgartner nicht überzeugt.

„Was bleibt uns denn anderes übrig? Oder wissen Sie, wie man sonst einen Geist fängt?"

Baumgartner antwortete nicht. Er begann, mit seinem Stift nervös auf den Schreibtisch zu klopfen. Er dachte offensichtlich nach. Kollers Gedanke, Berger zu locken, war gewiss richtig. Konsequenterweise müsste Johann den Köder geben. Aber der war noch rekonvaleszent. Es würde noch dauern, bis er wieder einsatzfähig wäre. Wer könnte noch als Köder taugen? Er hatte da so eine Idee, aber war sich nicht sicher, ob das durchführbar war.

„Gut Koller, lassen Sie uns herausfinden, ob Ihre Idee machbar ist! Lassen Sie uns versuchen, den Geist in die Flasche zu locken!"

Koller blickte überrascht auf. Sein Chef kannte Grimms Märchen und benutzte das gleiche Bild, das ihn, Koller, überhaupt auf diese Idee gebracht hatte! Wenn das kein gutes Omen war!

„Guten Tag, Johann! Wie geht es dir? Abgesehen von deinem ramponierten Gesicht, das jetzt noch hässlicher aussieht als vorher, machst du einen guten Eindruck!"

„Danke der Nachfrage, Chef, sehr freundlich von Ihnen! Sie müssen mich ja nicht anschauen, wenn Sie mein Anblick schmerzt", erwiderte Johann, der diesen Umgang seitens Baumgartner gewohnt war und selbst auch austeilte, wenn sich die Gelegenheit ergab.

„Tatsächlich schmerzt mich dein Anblick, aber nur weil es mir wehtut, dass es dich so getroffen hat. Bin froh, dass du dich so gut erholst!" – lachte Baumgartner herzhaft und schüttelte Johann die Hand so kräftig, dass diesem die Schulter wehtat. Er verzog sein Gesicht, aber lachte ebenfalls sofort wieder.

Die Kugel hatte unterhalb der rechten Schulter das Herz nur knapp verfehlt, sodass die Notoperation hauptsächlich darin bestand, die Blutung zu stillen und die Kugel herauszunehmen. Unter den gegebenen Umständen hatte er Glück gehabt, dass er schnell gefunden wurde, sonst wäre er verblutet. Die Nachbarn hatten den Schuss gehört und nachgeschaut, was geschehen war. So konnte der Notarzt schnell benachrichtigt werden und rechtzeitig eingreifen. Sein Gesicht sah allerdings böse aus. Das Nasenbein war gebrochen und die Haut wies tiefe Abschürfungen auf. Krusten hatten sich mittlerweile gebildet und dementsprechend sah er gerade aus.

„Setzt euch bitte!" – lud Johann die beiden ein, während er Koller ebenfalls die Hand gab und mit ihm ein Lächeln austauschte. Die Zwei verstanden sich im Prinzip gut und wechselten nie zu viele Worte miteinander. „Johanna ist mit ihrer Schwester unterwegs zur Mariahilfer Straße. Ich kann euch ein Bier anbieten, wenn ihr wollt."

„Nein, danke, wir sind im Dienst, wenn du noch weißt, was das heißt", erwiderte sein Chef noch im Scherzmodus. „Aber eine Zigarette können wir schon rauchen, oder?"

„Aber natürlich, ich rauche gerne eine mit", zeigte sich Johann einverstanden und stellte den Aschenbecher bereit. – „Also, ihr seid im Dienst … Worum geht es denn?"

„Koller, erzählen Sie mal! Es war ja Ihre Idee!" – forderte Baumgartner seinen Kollegen auf.

Koller stellte die neue Strategie vor, die unweigerlich zu dem Schluss führte, dass man einen Köder brauchte, um den Plan, Berger endlich dingfest zu machen, umzusetzen.

„Und ihr habt da natürlich an mich gedacht, oder?" – resümierte Johann.

„Ja, haben wir", gab Koller zu.

„Es gibt da aber ein Problem", griff Baumgartner ein. „Du bist noch nicht gesund. Wir können eine solche Aktion nicht starten, bevor die Ärzte grünes Licht geben. So lange können wir aber nicht warten. Du bist noch mindestens zwei Wochen krankgeschrieben. In dieser Zeit passiert, wer weiß was noch, und wir laufen dem Mörder wieder hinterher. Wir müssen diese Aktion so bald wie möglich durchführen. Wir müssen Berger ködern und zuschlagen, bevor er zuschlagen will."

„Und was bedeutet das? Wer kommt dann noch als Köder in Frage?" – wandte sich Johann an die beiden und sah sie neugierig an … worauf aber sofort der Groschen fiel: „Oh nein, kommt nicht in Frage! Wie könnt ihr überhaupt daran denken! Vergesst es! NEIN!" Er stand auf und ging aufgeregt im Wohnzimmer auf und ab. „Ich verstehe es ja. Theoretisch. Abstrakt sozusagen. Aber ich werde Johanna auf gar keinen Fall in diese Gefahr bringen!"

Schweigen breitete sich aus. Koller sah seinen Chef mit großen Augen an. So war das nicht abgesprochen gewesen! Aber gut. So wie es Johann ausgedrückt hatte, theoretisch, abstrakt war der Gedanke logisch, Johanna als Köder zu benutzen. Aber er selbst hätte diesen Vorschlag nicht gemacht. Da musste er sich schon ein wenig wundern über seinen Chef.

Die beiden nebelten Koller mit ihrem Zigarettenrauch ein. Koller selbst war Nichtraucher, aber er war es gewohnt, auf der Arbeit oder in Bars eingeräuchert zu werden. Er hatte gelesen, dass dieses „passive" Rauchen gefährlich sei. Die Lunge sei an das Rauchen nicht gewohnt und würde größeren Schaden nehmen, wenn sie nur ab zu mit dem Rauch konfrontiert werde. So hatte er sich schon überlegt, zum Raucher zu werden, um seine Lunge zu retten. Aber es schmeckte ihm einfach nicht. Er war eher der Schokoladentyp, wozu er sich allerdings aus Angst, gegängelt zu werden, auf dem Revier nicht bekannte.

„Ich mach's", meldete sich Johann nach einer Weile. „Es spielt keine Rolle, dass ich noch nicht dienstfähig bin. Ich muss ja nicht im Dienst sein, wenn ich den Köder abgebe. Es reicht, wenn ihr im Dienst seid und mich beschützt."

„Ich weiß nicht", meldete sich Baumgartner zögerlich. „Wenn du nicht im Dienst bist, darfst du deine Waffe nicht tragen", gab er zu bedenken.

„Das verstehe ich nicht", erwiderte Johann überrascht, „als ich angeschossen wurde auf dem Weg zu den Schobels, hatte ich doch meinen Revolver auch dabei. Ich dachte, ich darf ihn jetzt immer tragen."

„Im Prinzip schon. Wenn wir dich aber im Krankenstand irgendwohin hinsetzen mit der Waffe in der Hand, könnten wir rechtliche Probleme bekommen."

„Dann setze ich mich halt ohne Waffe hin", gab Johann entschlossen zurück. Er wollte dieses Thema Berger ein für alle Mal aus der Welt schaffen. Vor allem um Johannas Willen! Er wollte ihr dieses eingesperrte Leben nicht mehr zumuten. Das Gefängnis, wie sie es nannte.

Baumgartner überlegte. Johann war ihm, seitdem dieser sich damals bei ihm erkundigt hatte, wie er an eine Waffe gelangen konnte, und letzten Endes innerhalb weniger Minuten sich für den Beruf des Kriminalkommissars entschieden hatte, ans Herz gewachsen. Es kam nicht in Frage, ihn zu gefährden. Aber es wäre nicht Johann, wenn dieser ihm nicht immer wieder neue Wege aufzeigte. Unkonventionell und entschlossen. So konnte er nicht umhin, innerlich zuzugeben, dass es machbar war. Es gab eine einzige Bedingung: Sie mussten sicherstellen, dass Johann auf gar keinen Fall etwas geschah! Aus zwei Gründen: Würde der Schutz nicht gelingen, würden sie sich für die dilettantische Polizeiaktion verantworten müssen. Was für Baumgartner aber mehr zählte, er würde es sich niemals verzeihen, wenn Johann etwas passierte!

„Ich weiß auch schon, wie wir es machen", riss Johann seinen Chef aus den Überlegungen, die dieser gerade anstellte. „Wir nutzen meinen Krankenstand zu unserem Vorteil", ergänzte er.

„Sag!" – forderte ihn Baumgartner auf. Er wusste, ab jetzt gab es keinen Weg zurück mehr.

„Ich erklär's euch", beugte sich Johann vor.

***

Unauffällig tuckerte das Motorboot die 500 Meter auf dem Donaukanal hin und her zwischen der Wienmündung und der Radetzkybrücke, die bereits stark befahren war. An Deck saßen zwei Männer, die so taten, als würden sie die Nachmittagssonne einfangen wollen, die Ende August noch warm strahlte. Etwa 100 Meter westlich der Brücke am Nordufer des Kanals erweiterte sich die Uferpromenade um einen bauchigen Grünbereich, der an Sonntagen von etlichen Wienern genutzt wurde, um die letzten Sonnenstunden des Tages zu genießen. Auf mitgebrachten Decken, kleinen Camping- oder Liegestühlen räkelten sie sich einzeln, zu zweit oder in kleinen Gruppen. Für gewöhnlich handelte es sich um Anwohner nördlich der Unteren Donaustraße. Und für gewöhnlich geschah das hauptsächlich an Sonntagen, weil dann der anständige Wiener Zeit dazu hatte und sich den Müßiggang leisten konnte. An diesem Donnerstag jedoch hatten es sich nur vereinzelt ein paar Männer gemütlich gemacht, die entweder genüsslich ihre Zigaretten rauchten oder miteinander kartelten.

Johann lag scheinbar entspannt in der Sonne auf einer Decke im Gras. Die Augen waren geschlossen und den Hut hielt er mit einer Hand auf seinem Bauch fest. Etwas Überwindung hatte es ihn schon gekostet, so scheinbar ungeschützt dort zu liegen im Bewusstsein, dass möglicherweise ein Anschlag auf sein Leben stattfinden könnte. Er wusste zwar, dass hinter ihm Baumgartner und Koller nur zum Schein Karten spielten. In Wahrheit wachten sie mit Argusaugen über alle Zugänge zur Promenade. Der Täter konnte nur von Westen oder Osten entlang der Uferpromenade kommen. Auf dem Wasserweg parkte direkt gegenüber am südlichen Ufer ein Motorboot der Wasserwacht scheinbar nicht im Dienst aber bereit, innerhalb von Sekunden durchzustarten. Wo er früher über die Schulter schaute, ob er vielleicht verfolgt wurde, musste Johann sich jetzt ganz auf seine Kollegen verlassen. Deshalb hatte er sich vorgenommen, die Augen geschlossen zu halten. Sonst hätte er sich verleitet gefühlt hochzuschauen.

„Die halten mich für blöd", war die erste Reaktion Milos', als er den Artikel im *Kurier* gelesen hatte. Wie jeden Morgen hatte er sich an der Kreuzung zur Billrothstraße aus den neuartigen Selbstbedienungskästen eine Zeitung herausgefischt, ohne die entsprechenden Groschen in den dafür vorgesehenen Schlitz zu werfen.

Ein Interview mit dem verletzten Kommissar Johann Maurer wurde in großen Lettern angekündigt. Ein Foto im Krankenbett mit bandagiertem Gesicht, sodass er im Grunde nicht zu erkennen war, säumte das ausführliche

Gespräch mit dem Journalisten. Nach den üblichen, sensationell aufgewerteten Fakten zu seiner Verletzung wurde der „angehende Kommissar" zu dem möglichen Täter befragt. Hierzu könne er keine konkreten Angaben machen, da die Ermittlungen noch liefen. Auf die konkrete Frage hin, ob es sich um den Serienmörder handle, log der Kommissar, er wisse es nicht.

„Was soll diese Geheimniskrämerei! Natürlich weiß er es! Er hat mich ja erkannt, sonst hätte er nicht nach seinem Revolver gegriffen. Wäre ich nicht so in Eile gewesen, hätte ich seine Pistole mitgenommen. Dass ich nicht daran gedacht habe!" – ärgerte sich Milos im Nachhinein. Was ihn aber noch mehr ärgerte, war die Tatsache, dass man ihm in der Öffentlichkeit die Anerkennung verwehrte, den „angehenden" Kommissar überwältigt zu haben. Dass er besser war als der! Wut kam in Milos auf und in dieser Gemütsverfassung tat es ihm plötzlich leid, dass er seinem Feind nicht noch einen Schuss verpasst hatte, als dieser am Boden lag. Es ärgerte ihn, dass er sich selbst wegen des lauten Echos des Schusses erschreckt und geglaubt hatte, sich unbedingt beeilen zu müssen.

Das Interview wandte sich dann privaten Themen zu, wohl um den Kommissär bei den Lesern sympathisch zu machen. Wie beiläufig erwähnte dieser, dass er zweimal die Woche, am Montag und Donnerstag kurze Spaziergänge entlang der Uferpromenade des Donaukanals unternahm und da er noch recht schwach war, sich nicht weit von seiner Wohnung entfernt auf der dortigen Wiese ausruhte. Am Wochenende sei es dort regelrecht überfüllt, deshalb zöge er es vor, wochentags zu gehen.

Milos wusste jetzt, was er zu tun hatte. Zumindest, was er planen musste. Planen gefiel ihm. Er konnte sich in eine Stimmung bringen, die den Hass mit der Vorfreude kombinierte, sein Vorhaben zu verwirklichen. Die Wut, in die ihn dieser Artikel versetzt hatte, beschleunigte seine Entschlossenheit. Es war ihm klar, dass die auf ihn warteten. Die Falle, die sie ihm stellten, würde er zu seinem Vorteil nutzen:

„Ten, kdo vykope jámu pro ostatní, do ní spadne sám."

Wer andern eine Grube gräbt, fällt selbst hinein! Dieser Spruch, der ihm schon aus der Kindheit bekannt war, fiel ihm jetzt ein. Die werden sich noch wundern! Was ihm in diesem Augenblick nicht einfiel, war, was ihm selbst vor neun Jahren widerfahren war. Selbstreflektion gehörte nicht zu Milos' Eigenschaften. Eher der Blick nach vorne. Die Entschlossenheit, seinen Plan zu verwirklichen.

Und an diesem arbeitete er ab sofort.

Das Motorboot, das auf der anderen Seite des Kanals gegenüber der Liegewiese parkte, ließ seinen Motor an. Langsam fuhr es zum anderen Ufer. Baumgartner und Koller blickten auf. Damit hatten sie nicht gerechnet. Die Aufgaben waren anders verteilt. Der Beamte der Wasserwacht sollte nur dazu kommen, wenn Hilfe vom Wasser aus erforderlich war. Baumgartner stand auf und breitete seine Arme in der typischen Fragehaltung seitlich leicht aus. Der Beamte hob die Hand wie zum Gruß und zeigte auf die Uferpromenade westwärts. Daraufhin bog er in die Richtung ab und fuhr dem vermeintlichen Ziel entgegen.

„Was macht der Idiot?!" – raunte Baumgartner dem noch sitzenden Koller zu. „Wo ist das andere Boot?" – fragte er und schaute sich um. Da er es nirgendwo sah, wusste er, dass es wohl gerade Richtung Wienmündung fuhr. Seine Sicht in jene Richtung war teilweise blockiert – vor allem das Nordufer – durch die Biegung, die der Kanal 100 Meter weiter westlich machte. Unschlüssig stand er einige Sekunden da, dann entschloss er sich nachzuschauen. Vielleicht wollte ihm der Beamte vorhin signalisieren, dass weiter hinten etwas geschah. Mit einer Geste deutete er Koller an, er werde mal in die besagte Richtung gehen. Den anderen drei Beamten, die dahinter immer noch ihre Zigaretten rauchten, gab er das Hab-Acht-Zeichen – der ausgestreckte Zeige- und Mittelfinger, die auf die Augen deuteten.

Nach den hundert Metern öffnete sich die Sicht und er sah nicht weit entfernt vor sich das Boot der Wasserwacht, das ganz nahe am Ufer hielt. Vorne, etwa auf Höhe der Wienmündung wendete das Patrouillenboot gerade. Auf der Uferpromenade war niemand zu sehen. Ein ungutes Gefühl beschlich Baumgartner. Was wollte ihm der Beamte der Wasserwacht zeigen? Er hatte das Boot erreicht und blickte auf dessen Dienstmütze herab, als sich dieser zu ihm wandte … Das letzte, was Baumgartner gerade noch sah, war der Revolver in dessen Hand. Dann spürte er einen harten Schlag gegen die Brust und noch bevor der Schuss in sein Bewusstsein drang, fiel er zu Boden.

Für Milos war es ein Leichtes gewesen, die richtige Strategie zu entwickeln. Er wusste, dass sein Ziel nicht unbewacht auf der Liegewiese am Nordufer des Donaukanals sein würde. So begab er sich am Montag in die Nähe des Schauplatzes, um die Lage zu sondieren. Direkt gegenüber der besagten Liegewiese befand sich eine Anlegestelle der Wasserwacht. Davor lag ein Boot, in dem der

Beamte tatenlos herumsaß. Milos hatte sich von der Südseite aus dem Donauufer genähert. Im großen Bogen war er von der Radetzkystraße aus gen Westen über den Treppelweg an seinen Beobachtungsort gelangt. Der Treppelweg verlief etwas oberhalb der südlichen Uferpromenade und war durch einen dichten Baumbestand von dieser getrennt. Der Weg wurde von Fußgängern rege genutzt und so konnte sich Milos unauffällig unter jene mischen. Nachdem er sich vergewissert hatte, dass keine verdächtige Person den Treppelweg bewachte, nahm er einen Beobachtungposten hinter einem Baum ein. Neben seinem Hassobjekt, das auf dem Rücken lag, zählte er noch fünf Beamte, die unauffällig auffällig ihre Zeit vertrieben. Die wenigen Spaziergänger auf der nördlichen Uferpromenade blickten immer wieder auf die Männergruppe. Bestimmt fragten sie sich, wieso die keine Arbeit hatten.

Nach zwei Stunden, zumindest nachdem Milos seinen Posten eingenommen hatte, löste sich die Gesellschaft auf. Plötzlich wusste er, wie es geschehen sollte! Den Beamten der Wasserwacht hatte er nicht mehr beachtet. Als sich der Hinterhalt auflöste, nahm er an, dieser würde auf dem Kanal irgendwohin weiterfahren. Zu Milos' Überraschung machte der sein Boot fest und sicherte es mit einem dicken Schloss ab. Dann ging er auf dem Promenadenweg westlich. Nach circa 200 Metern mündete die Promenade in den Treppelweg und so konnte Milos dem Mann in sicherem Abstand folgen. Zum Glück ging der tatsächlich nach Hause beziehungsweise konnte man das mit ziemlicher Sicherheit annehmen.

Am nächsten Morgen um sechs bezog Milos Posten vor dem Mehrfamilienhaus in der Seidlgasse. Zwei Stunden hatte er von zu Hause aus gebraucht, um zu Fuß in die Seidlgasse zu gelangen. Das hatte ihm aber nichts ausgemacht. Plan war Plan. Den musste er befolgen! Punkt halb sieben kam der Mann heraus und ging den gleichen Weg wie am Tag zuvor zurück. Bei seinem Boot angelangt, entsicherte er es und fuhr davon. „Gut", dachte Milos, „er stellt sein Boot hier ab, weil es für ihn wohl der kürzeste Weg zur Arbeit darstellt."

Spätnachmittags am Mittwoch folgte Milos dem Beamten, nachdem dieser sein Boot wieder am besagten Ort abgestellt hatte. Als er ins Haus ging, quetschte sich Milos mit hinein und grüßte freundlich. Mit einer erneut freundlichen Geste und einem „Nach Ihnen!" folgte er dem Mann. Im etwas schmuddeligen Trenchcoat, den er vom Mieter in der Komödiengasse „geerbt" hatte, hielt er mit der rechten Hand das Messer fest. Den Revolver wollte er nicht benutzen, um die Nachbarn nicht aufzuschrecken. Zum ersten Mal fühlte er sich etwas angespannt. Vom Erfolg heute Abend würde sein finaler Erfolg morgen abhängen. Nichts durfte mehr dazwischenkommen! Ihm war bewusst, dass eine Frau und Kinder das Ganze erschweren würden. Aber was sein musste, musste sein!

Und jetzt war der Augenblick gekommen! Er musste mit seiner Munition haushalten. Es war ihm zu riskant erschienen, sich mehr davon zu besorgen. Man wusste nie, an wen man geriet.

Der Schuss auf den dämlichen Beamten, der ihm nachgelaufen war, der saß! Er lag am Boden. Aus den Augenwinkeln sah er, dass sich das Patrouillenboot langsam näherte, aber bestimmt noch 300 Meter entfernt war. Im engen Bogen brauste er mit dem Boot los und in wenigen

Sekunden traf er vor der Liegewiese ein. Die Beamten standen schon und betrachteten ihn mit fragendem Ausdruck im Gesicht. Sie hatten den Schuss gehört und wollten wissen, was los war. Milos hob die Hand, als wollte er sagen „Moment mal ...", stieg aus dem Boot, um einen sicheren Stand zu haben, zog seinen Revolver und schoss auf den ersten, der auf ihn zuging. Er hatte noch zwei Patronen und wusste: Jetzt oder nie! Sein Hassobjekt hatte sich aufgerichtet und Milos schoss ... zwei Mal ... Das Ganze ging so schnell, dass die drei Zigarette rauchenden Beamten gar nicht dazu gekommen waren, ihre Waffen zu ziehen. Was Milos aber nicht sah, war, dass hinter ihm auf der Promenade ein Mann nur wenige Meter auf Höhe des Bootes hinterhergerannt kam und kurz nachdem Milos seine Schüsse abgegeben hatte und gerade zurück ins Boot springen wollte, ihn mit dem Zuruf stellte: „Berger, stehenbleiben! Hände hoch!" Milos blieb wie erstarrt stehen, drehte sich um und wusste instinktiv, er hatte nur eine Chance: Obwohl er keine Patrone mehr hatte – das wusste sein Gegner aber nicht – richtete er den Revolver auf ihn und tat so, als wolle er schießen. Jeder normale Mensch würde sich ducken oder ausweichen und Milos hätte ins Boot springen können. Nicht aber Baumgartner! Als er sah, dass Berger seine Waffe auf ihn richtete, schoss er. Schoss sein ganzes Magazin leer. Milos taumelte von den Kugeln getroffen einen Schritt zurück, dann einen vor, der Kopf fiel nach hinten und die Beine gaben letztlich nach. Wie eine Marionette, deren Fäden gekappt wurden, fiel er zu Boden.

„Wie geht es ihnen?" – fragte sie mit zittriger Stimme und Tränen in den Augen.

„Gut, wirklich ganz gut. Alle drei haben im Wesentlichen nur einfache Rippenbrüche. Nichts, das nicht wieder heilt", antwortete der Oberarzt und wandte sich auch an die anderen Anwesenden, da er nicht wusste, wer zu wem gehörte. „Geben Sie uns noch ein paar Minuten und dann können Sie ins Krankenzimmer kommen."

Als sie diese Worte vernommen hatten, löste sich die Anspannung, die in der Luft lag, und Anneliese umarmte Johanna. „Siehst du, ist alles gutgegangen!" – sprach sie beruhigend auf sie ein. Diese brach jedoch wieder in Tränen aus und schluchzte: „Als ich die Schüsse hörte, dachte ich, es ist vorbei! Und als ich sie dann da liegen sah, hatte ich keine Hoffnung mehr!" – ein Weinkrampf schüttelte ihren ganzen Körper durch. Die gute Nachricht konnte das Trauma des Erlebten noch nicht ausgleichen.

Sie wusste, was Johann mit seinen Kollegen vorhatte, und fieberte in der Wohnung zusammen mit Anneliese, die sie moralisch unterstützte, dem Ende der Aktion entgegen. Johann hatte ihnen verboten, sich auf dem Balkon aufzuhalten, von wo aus sie sogar einen Überblick über das Gelände gehabt hätten: „Du könntest die ganze Aktion gefährden, wenn dich Berger, der bestimmt weiß, zu welcher Wohnung der Balkon gehört, dort sehen würde". So standen sie an der gekippten Balkontüre hinter dem Vorhang und versuchten dennoch, etwas zu erkennen. Als die Schüsse fielen – Johanna hatte sie gezählt

– erst einer und dann nach kurzer Zeit noch einmal drei, danach unzählige hintereinander, wusste sie, es war ernst. Anneliese konnte sie nicht zurückhalten und so verließen sie die Wohnung, überquerten die Straße, liefen die Stufen zur Promenade hinunter und rannten vor zum Ort des Geschehens. Das Ganze hatte von der Wohnung bis dahin gerade mal zwei, drei Minuten gedauert.

Als Johanna ankam, ließ sie einen verzweifelten Schrei los bei dem Anblick, der sich ihr auftat. Gleich vorne saß Baumgartner nach vorne gekrümmt auf dem Promenadenweg, den Kopf nach unten gebeugt. Neben ihm ein Polizeibeamter, der ihn offenbar stützte. Was ihr aber den Schreck in die Glieder fahren ließ, war das Bild, das Johann abgab: Er lag ausgestreckt, allerdings mit einem leicht angewinkelten Bein in der stabilen Seitenlage, in die ihn gerade ein Beamter, der sich um ihn kümmerte, gebracht hatte. Zuerst bemerkte sie gar nicht, was mit Koller los war. Sie lief gleich zu Johann, kniete neben ihn nieder und rief: „Wieso bist du verletzt?! Du hattest doch diese Schutzweste an. Du sagtest, da geht keine Kugel durch!"

„Ist ja auch so", antwortete Johann mit einem gequälten Lächeln. Er hatte offenbar Schmerzen, wenn er aber lächeln konnte …

„Wieso bist du dann verletzt?" – wiederholte sie.

„Weil der Aufprall der Kugeln durch die Weste seine Rippen getroffen hat, auch wenn die Kugel nicht durchgegangen ist", beantwortete der danebenstehende Beamte und zeigte ihr die zwei Kugeln, die er gerade aus der Weste entfernt hatte.

Erst jetzt schaute sie auf und sah, dass ein weiterer Beamter Koller ebenfalls in die Seitenlage gebracht hatte.

Dem ging es offenbar schlechter, denn der Beamte redete beruhigend auf ihn ein. Beim Blick zurück sah sie Baumgartner, der sie gequält anlächelte, ihr aber in einer Art Bestätigung mit dem Kopf zunickte. Johanna verstand erst nicht, dann aber sah sie rechts von ihr ein paar Meter entfernt direkt neben dem Ufer einen Körper liegen. Sie starrte ihn an, ein Schauer durchdrang sie und dann fragte sie den Beamten neben ihr: „Ist er tot?"

„Absolut tot. Von sechs Kugeln durchsiebt. Das überlebt keiner." Er sprach das so selbstsicher aus, dass Johanna sofort spürte, wie sich ihr Puls beruhigte und die Aufregung legte. Johann lag verletzt neben ihr, aber sie realisierte plötzlich, dass die Angst der letzten beiden Jahre vorbei war. Sie konnte sich jetzt nur auf Johann konzentrieren, ohne ständig noch einen zweiten Kampf austragen zu müssen. Sie setzte sich neben ihn und legte seinen Kopf in ihren Schoß.

Das Sirenengeheul der Kranken- und Polizeiwagen war schon von weitem zu hören.

„Jetzt wird alles gut", sagte sie zu Johann.

Johanna konnte sich gegen den Weinkrampf gerade nicht wehren, obwohl sie bereits am Ort des Geschehens glücklich darüber war, dass ihr Johann das Ganze überlebt hatte. Sie hatte sogar die Kraft gefunden, bis zum Eintreffen der Krankenwagen auf ihn beruhigend einzuwirken. Jetzt aber löste sich die ganze Anspannung der letzten Zeit und vor allem des heutigen Tages in diesem heilsamen Schluchzen auf.

„Sie können jetzt das Krankenzimmer betreten", verkündete die diensthabende Krankenschwester, die das Zimmer gerade verließ.

Johanna, Anneliese und Frau Baumgartner traten ein, letztere in einer stoischen Beherrschung, die sie die ganze Zeit ausstrahlte, in der sie alle auf das Ergebnis der Untersuchungen warteten. Die drei Kommissare hatten darauf bestanden, in einem Zimmer untergebracht zu werden. Als sei das noch Teil der Polizeiaktion und sie bis zum Schluss vereint bleiben wollten.

„Na, ihr drei Musketiere? ‚Einer für alle und alle für einen!' Das habt ihr aber gut gemacht!" – Es war Frau Baumgartner, die diese Rede schwang und es blieb allen etwas unklar, ob die letzte Bemerkung so gemeint oder ironisch war. Die drei lagen noch ganz benommen in ihren Betten wegen der Beruhigungsmittel, die sie gegen die Schmerzen erhalten hatten. Am schwersten hatte es Koller erwischt, der sich neben dem erlittenen Rippenbruch beim Hinfallen die Schulter ausgekugelt hatte. Nichts aber, das nicht wieder heilen würde. Seine Dosis an Schmerzmitteln war allerdings so hoch, dass er noch vor sich hindöste.

Johanna hatte Anneliese gebeten, sich um Koller zu kümmern, wenn sie zu den dreien hineingingen, aber da dies gerade nicht notwendig war, ging sie mit zu Johanns Bett. Koller war nicht verheiratet und auch nicht liiert. Er hatte einen Bruder in Linz, der sich für den nächsten Tag angekündigt hatte, vor allem nach der Nachricht, dass Koller keine lebensbedrohlichen Verletzungen erlitten hatte. Die Eltern waren bereits tot. Sie fielen dem schweren Bombenangriff der Briten und Amerikaner auf Wien am 12. März 1945 zum Opfer.

Johanna setzte sich auf die Bettkante und streichelte Johanns Kopf. Anneliese stellte die übliche Frage:

„Wie geht es dir?"

„Danke, Anneliese, mir geht es gut. Macht euch keine Sorgen. Damit habe ich gerechnet. Es ist genauso gekommen, wie wir es uns erhofft hatten."

„Was meinst du mit ‚erhofft hatten'?" – reagierte Johanna überrascht. „Wusstet ihr, dass ihr im Krankenhaus landen würdet? – Erstaunen und auch Vorwurf klangen aus Johannas Stimme.

„Wir haben damit gerechnet. Zumindest für den Fall, dass Berger auf uns schießen würde."

„Du sagtest aber, dass die Schutzwesten die Kugeln abhalten würden!" – bemerkte Johanna etwas ungehalten. Der Verdacht kam in ihr auf, dass Johann im Vorfeld nicht alle Gefahren zugegeben hatte.

„Haben sie ja auch, oder? Wir haben sogar das neueste Modell erhalten, das als sicher gilt. Es war teuer genug – Chef, wie teuer ist so eine Schutzweste?" – wandte sich Johann an das Nebenbett.

„Fünftausend Schillinge", antwortete Baumgartner.

„Wir mussten bei der Landespolizeidirektion einen Antrag auf Sonderausrüstung stellen. Wir wussten, dass nur die neuen Modelle sicher sind. Dass die Weste den Rückstoß an den Körper weitergibt, ist kinetische Physik. Das lässt sich nicht verhindern."

„Davon hast du mir aber vorher nichts erzählt!" – hielt ihm Johanna nicht ernsthaft böse vor. Sie war ja froh, dass Johann überlebt hatte. Und die Ahnung, dass nicht alle Gefahren zugegeben waren, hatte sie ohnehin die ganze Zeit begleitet.

„Klar, auch nicht, dass er den Kopf hätte treffen können oder Arme und Beine oder eine noch empfindlichere Stelle, wenn du weißt, was ich meine …"

„Psst, hör auf!" – raunte ihm Johanna zu und hob ihre Hand so, als würde sie sein frech grinsendes Gesicht ohrfeigen wollen. Schließlich lächelte sie zurück und legte ihre Hand sanft auf seine Brust.

„Von Werner soll ich dir Grüße und Genesungswünsche ausrichten. Er hat gerade Dienst im Hotel, wird dich aber morgen besuchen", sagte Anneliese.

„Wenn ich morgen noch da bin", gab Johann zurück. „Der Arzt sagte, wir könnten vielleicht bis auf Koller morgen bereits entlassen werden, wenn über Nacht keine Komplikationen auftreten."

„Die Rippen sind gebrochen", warf Johanna ein, „werden die wieder richtig zusammenwachsen?"

„Sie sind bei uns allen dreien nur angebrochen. Zum Glück kein Durchbruch. So können sie wieder gut zusammenwachsen."

Johanna sah sich im Zimmer um. Ihr fielen die vielen Opfer ein, die dieser Serienmörder auf dem Gewissen hatte. Frau Rieder, die nette Nachbarin, Istvan, Johanns Retter, als dieser Hilfe brauchte, und so viele andere. Gut, dass jetzt alles vorbei war und Johann sich keine Vorwürfe mehr machen musste, dass sie diesen Berger nicht kriegen konnten. So gesehen, hatte sich der Einsatz der dreien gelohnt. Der Preis, den sie gezahlt hatten, war nicht zu hoch. Jetzt würde niemand mehr sterben, nur weil dieser Wahnsinnige Johann nach dem Leben trachtete!

***

Das Erste, was Johann tat, als er am nächsten Mittag zu Hause ankam, war den *Kurier* zu lesen. Johanna hatte ihm die Zeitung auf seinen Wunsch hin gekauft. Er wusste, die Wiener würden hochinteressiert sein, alles über die Vorkommnisse am vergangenen Tag zu erfahren. Der *Kurier* erfüllte diesen Wunsch und seitdem die Zeitung vor allem zu Kommissar Lechner einen so guten Draht hatte, gedieh dieses Verhältnis zum Vorteil beider Seiten. Wobei Lechner neben seinem eigenen durchaus das Image aller Kriminalkommissariate Wiens im Sinn hatte.

Baumgartner hatte Lechner über einen der beteiligten Beamten gebeten, vorläufig die weiteren Ermittlungen zu übernehmen. Es galt ja unter anderem zu klären, wie Berger in den Besitz des Bootes der Wasserwacht gelangen konnte. Johann hatte diesbezüglich eine ganz bestimmte Befürchtung und sein Puls schlug höher, als er mit der Lektüre begann. Er hatte nicht vergessen, was dem Heizer und dessen Frau widerfahren war, als Berger seinen Platz eingenommen hatte.

Die ersten zwei Seiten befassten sich mit der ausführlichen Schilderung des Vorfalls, zu dem auch die drei anderen beteiligten Beamten befragt wurden. Eine Skizze der Schießerei wurde hinzugefügt und Fotos vom getöteten Serienmörder und dem Abtransport der Verletzten mit den Krankenwagen.

Johann befürchtete bereits, dass man über den Beamten der Wasserwacht nichts wusste oder noch nichts berichten konnte, als er auf Seite drei die etwas unauffälligere Schlagzeile las: *Familie von Serienmörder verschont!* Hastig überflog er die Zeilen und wunderte sich ... Berger hatte der Familie des Beamten bis auf den Kinnhaken, den er dem Mann verpasst hatte, nichts angetan. Dieser berichtete, dass Berger schon das Messer gezückt hatte, als die Ehefrau und die sechsjährige Tochter ins Zimmer traten.

Der Einbrecher, für den sie ihn gehalten hatten, zögerte für einen Augenblick, was der Beamte ausnutzte, indem er inständig flehte, sie am Leben zu lassen. Er versprach, ohne Gegenwehr alles zu tun, was der Einbrecher verlangte, aber er solle ihnen und vor allem der Tochter nichts antun. Nach kurzer Überlegung entschied sich der Täter, ohne viele Worte zu machen, sie zu fesseln und zu knebeln. Als die Tochter in dem Augenblick, in dem er sie auch fesseln wollte, anfing laut zu weinen, erlaubte er der Mutter, das bei ihrer Tochter selbst zu tun, was diese unter beruhigenden Worten umsetzte. Bevor er sich zum Schlafen hinlegte, drohte er sie zu töten, falls sie irgendetwas unternahmen, um sich von den Fesseln zu befreien. Er nahm ihnen sogar kurz den Knebel ab, damit sie noch etwas trinken konnten, und verabschiedete sich für die Nacht mit den Worten: „Solltet ihr zur Toilette müssen, macht in die Hose. Morgen könnt ihr dann eure Klamotten waschen." Diese Bemerkung habe den Beamten regelrecht beruhigt in der Hoffnung, das alles zu überleben. Er habe sich dann nur gewundert, dass der Täter dort schlafen wollte und am nächsten Morgen nichts weiter als den Schlüssel fürs Motorboot mitgenommen hatte. Leider wurden sie erst gegen Abend von ihren Fesseln befreit. Lange hätten sie es nicht mehr ausgehalten. Sie waren durstig, hungrig und verdreckt von der Notdurft, die sie auf diese schändliche Weise verrichten mussten. Aber sie waren am Leben. Wie der Beamte reagiert hatte, als er erfuhr, mit wem sie es zu tun hatten, wurde nicht mehr berichtet.

Johann sah den Bericht an und konnte es nicht glauben. Er musste es erst begreifen, bevor sich die Freude darüber einstellen konnte, dass nicht wieder jemand seinetwegen zu Tode gekommen war. Eigenartig. Er musste mit dem Polizeipsychologen, der ab und zu in ihrem Revier vorbeischaute, darüber sprechen.

Hatte Berger keine Lust mehr gehabt, andere zu töten, in Erwartung der finalen Tat am nächsten Tag? Ahnte er die Gefahr, selbst draufzugehen, was ihn letzten Endes so milde stimmte? Oder rechnete er sogar damit, bedenkt man die fast abenteuerliche Attacke, die er gefahren hatte? Es musste mit seiner Entscheidung zusammenhängen, sein Vorhaben, Johann zu töten, was er offensichtlich schon einmal hinausgezögert hatte, endlich umzusetzen.

***

„Johann", Baumgartner trat in sein Büro ein, gefolgt von einer Frau, die langsamen Schrittes mit in das Zimmer hereinkam, „darf ich dir Frau Nemec vorstellen, geborene Radlec?"

Johann war nicht überrascht von diesem Besuch, sie hatten ihn diese Tage bereits erwartet. Frau Nemec war gutaussehend, mindestens eins-siebzig groß, ihre Körperhaltung war aber gebückt, so als würde sie unter einer großen Last stehen. Das konnte ihre Attraktivität dennoch nicht ganz vereiteln. Ihr Alter war undefinierbar, sie hätte alles zwischen vierzig und fünfzig sein können. Offenbar ging es ihr nicht besonders gut. Kein Wunder, sie war gekommen, um den Leichnam ihres Bruders in die Heimat zu überführen.

„Guten Tag, Frau Nemec, bitte nehmen Sie Platz! Darf ich Ihnen etwas anbieten? Einen Kaffee oder eine Limonade?"

„Nein, danke", erwiderte sie und setzte sich aufrecht in den angebotenen Stuhl vor Johanns Schreibtisch.

„Es tut mir leid, Frau Nemec, dass wir uns unter diesen Umständen kennenlernen", begann Johann beeindruckt von der unauffälligen Eleganz, die sie plötzlich ausstrahlte. „In dem kurzen Briefverkehr, den wir bisher hatten, sagten Sie zu, uns Näheres über Ihren Bruder zu erzählen. Vielleicht können wir dann verstehen, weshalb er hier so viel Leid über viele gebracht hat."

„Sie müssen sich nicht entschuldigen, Herr Maurer. Schließlich haben Sie ihn aus einem bestimmten Grund erschossen", reagierte Frau Nemec ruhig, fast vornehm, in erstaunlich gutem Deutsch trotz ihres deutlichen tschechischen Akzents.

„Nun, genaugenommen hat Herr Baumgartner geschossen" – und er zeigte auf seinen Chef, der ein paar Schritte zur Seite gegangen war. „Im Grunde befanden wir uns aber alle in einer Notwehrsituation."

„Ja, aber Sie haben auf ihn gewartet. Sie haben ihn in einen Hinterhalt gelockt", gab Frau Nemec nicht nach.

„Hätte er nicht geschossen, hätten wir es auch nicht getan." Johann verstand zwar die Anklage der Schwester, wollte aber auch von Anfang an klarmachen, wer hier der Übeltäter gewesen ist.

Frau Nemec atmete tief durch, schaute gen Boden, nicht unterwürfig, sondern eher, als würde sie sich konzentrieren, und sagte dann:

„Gut, lassen Sie uns beginnen …"

„Wir wissen, dass Ihr Bruder in Mnichov, zu Deutsch Münchhof, geboren wurde, und zwar am 3. April 1918. Können Sie uns etwas über seinen Geburtsort sagen?" – begann Johann seine Befragung, die er tagelang vorbereitet hatte. Sie wussten nämlich schon einiges über Milos Radlec alias Moritz Berger. Aufgrund der erneuten Täterbeschreibung, die im *Kurier* veröffentlicht wurde, und anderer verdächtiger Umstände, hatte sich ein älterer Herr bei der Polizei gemeldet und die Ermittler unter der Bedingung, man dürfe ihn wegen der „schwarzen" Vermietung nicht belangen, zur Wohnung des Täters geführt. Dort fand man unter Milos' Habseligkeiten in der Tiefe seines Rucksacks seinen tschechischen Ausweis, der noch aus seiner Jugendzeit stammen musste. Als sie herausgefunden hatten, wo genau Mnichov lag, ahnte Johann bereits einiges von dem, was Milos' Schwester nun erzählen würde.

„Wie Sie vielleicht wissen, liegt Mnichov in der Nähe von Karlovy Vary im Sudetenland. Ich bin auch dort geboren. Zwei Jahre vor Milos."

Johann schaute Sie genauer an. Sie müsste also 38 Jahre alt sein. „Wie sehr einen Trauer oder Leid älter aussehen lässt", dachte er.

„Wir lebten auf unserem Bauernhof im guten Miteinander mit unseren deutschen Nachbarn …"

„Daher sprechen Sie so gut Deutsch?" – unterbrach sie Johann.

„Ja, ich hatte deutsche Freundinnen und wir hatten unseren Spaß daran, der jeweils anderen die eigene Sprache korrekt beizubringen. Milos war da nicht so gestrickt. Er hatte in der Pubertät, aber auch später Auseinandersetzungen mit den deutschen Nachbarssöhnen, die nicht selten in Prügeleien ausarteten. Am Anfang dachte ich, es war nur das übliche Imponiergehabe der Jungs, die um die Mädchen im Dorf wetteiferten. Später bemerkte ich aber, dass Milos eine echte Abneigung gegen die Deutschen entwickelt hatte. Schlimm wurde es, als wir Ende September 1938 erfuhren, dass das Sudetenland ab dem 1. Oktober dem Deutschen Reich zugeführt wird. Still und heimlich hatten die Großmächte in einem Abkommen mit Hitler die Tschechoslowakei mehr oder weniger aufgelöst und Hitler das Sudetenland zugesprochen, damit dieser nicht einen insgeheim angedrohten Krieg anzettelte."

„Mussten Sie dann Ihre Heimat verlassen? – fragte Johann nach.

„Offiziell nicht. Wir durften bleiben und wenn wir uns ‚bewährt' hätten, hätten wir auch die deutsche Staatsbürgerschaft erhalten. Uns war aber unklar, was das in der Folge bedeuten würde, und deshalb verließ ich, obwohl ich mit den deutschen Nachbarn gut auskam, genauso wie mein Bruder unser Heimatdorf."

„Und Ihre Eltern blieben?"

„Ja, sie blieben, aber sie wurden ihres Lebens nicht mehr froh. Sie wurden von den Deutschen gemieden, konnten nichts mehr verkaufen. Dauernd wurden sie krank, überlebten diese Zeit jedoch dank ihres Durchhaltevermögens."

„Leben Ihre Eltern noch?"

„Ja, sie leben noch." Frau Nemec sammelte sich kurz und fuhr fort: „Dadurch verstärkte sich Milos' Abneigung gegen die Deutschen und entwickelte sich zum regelrechten Hass. Deshalb trat er schon zu Kriegsbeginn den Partisanen bei. Die Deutschen hatten ja die Tschechoslowakei besetzt, von der Slowakei getrennt und das Land aufgestückelt. Im Unterschied zu den Truppen der Exilregierung, die später an der Ost- und Westfront zusammen mit den Alliierten gegen die Deutschen kämpften, bekämpften die Partisanen die Deutschen im Land selbst."

In Johann kam langsam Bewunderung auf für das Wissen dieser Frau. Plötzlich wurde ihm klar, dass diese subtile Vornehmheit, die sie ausstrahlte, nicht von ungefähr kam. Er hatte schon mehrere Menschen kennengelernt, deren intellektuelle Fähigkeiten ihre äußere Ausstrahlung derart bestimmten.

„Haben Sie Milos nach dem Krieg wiedergesehen?"

„Einmal. 1945 traf sich die Familie Weihnachten im Elternhaus. Milos war verbittert und schwor Rache gegen die Deutschen. Unsere Eltern ermahnten ihn, sich zu beruhigen und einen Weg zu finden, mit den Erlebnissen aus dem Krieg zu leben. Milos wollte das nicht hören. Mehr noch, er zürnte mir, weil ich einen Tschechen geheiratet hatte, der „Nemec" hieß, „der Deutsche". Die Stimmung war nicht gut und er verließ uns bereits am ersten Weihnachtstag. Seitdem habe ich nichts mehr von ihm gehört. Bis die Nachricht von Ihnen kam."

Damit lehnte sie sich in aufrechter Haltung an die Stuhllehne und sah Johann ausdruckslos an, so als habe sie ihre Verpflichtung erfüllt und warte auf ihre Entlassung.

Johann war sehr zufrieden mit ihrem Bericht und konnte sich nun bis zu einem bestimmten Grad Milos' Hass auf Deutsche besser erklären. Tiefere Einblicke in seine Psyche konnte er dadurch nicht gewinnen. Etwa, weshalb Milos so skrupellos auch gegen „Unschuldige", also Nichtdeutsche, vorgegangen war. Der Polizeipsychologe, mit dem er darüber gesprochen hatte, dozierte von einer pränatalen Prägung, von Anomalien im Gehirn und so weiter. Johann fand das zwar interessant, aber er war zu sehr Pragmatiker, um sich damit intensiver zu befassen. Es gab böse Charaktere, das wusste er auch aus der sonstigen Arbeit mit Kleinkriminellen. Etwas wollte er noch von Frau Nemec wissen, zögerte aber. Als er aber sah, dass sie bereit war aufzustehen, fragte er dennoch:

„Eine Sache noch, Frau Nemec. Hat Ihnen Milos an diesen Weihnachten von einem bestimmten Vorfall nach Kriegsende mit einem Deutschen berichtet?"

Dieses Mal sah ihn Frau Nemec überrascht an. In ihren Augen erkannte Johann die Verwunderung. Sie wusste nicht, weshalb er fragte, und ihr Gesichtsausdruck nahm angespannte Züge an.

„Ja, hat er. Woher wissen Sie davon?"

Johann antwortete nicht.

Frau Nemec setzte mit sachlichem Ton an: „Er berichtete von einem niederträchtigen Deutschen, der ihn und seinen Kriegskameraden überrumpelt und mit einer Schaufel niedergeschlagen hat. Er war sehr aufgebracht und verbittert darüber."

„Hat sein Kamerad den Schlag überlebt?" – fragte Johann mit unmerklich zittriger Stimme.

„Nein, hat er nicht. Milos war besonders erbost darüber, weil der sogar den Deutschen, den sie offenbar gefangengenommen hatten, freilassen wollte."

„Sonst hat er nichts darüber erzählt?" – fragte Johann nach.

„Nein … kann mich an mehr nicht erinnern."

„Hat ihr Bruder nicht erzählt, dass er den Deutschen sein eigenes Grab hat schaufeln lassen? Dass der Deutsche mit dem Schlimmsten rechnen musste?" – griff Baumgartner in leicht aggressivem Ton ein.

Frau Nemec sah Baumgartner überrascht an und dann Johann. Es dauerte eine Weile, dann fragte sie Johann:

„Sind Sie Deutscher?"

„Nein", antwortete Johann kühl, „ich bin Österreicher."

Frau Nemec sagte nichts. Aber sie fragte auch nicht weiter nach. Man merkte ihr an, dass sie darüber nachdachte, aber nicht vorhatte, die Angelegenheit zu vertiefen.

Als sie später in der Leichenhalle ihren Bruder identifizierte und die Papiere für seine Überführung nach Mnichov ausfüllte, entdeckte Johann unter der Rubrik „Beruf des Abholenden": *Professorin für Geschichte und Soziologie*. „Ort der Beschäftigung": *Masaryk-Universität, Brno.*

Die Formalitäten waren erledigt und Johann verabschiedete sich: „Ich wünsche Ihnen eine gute Heimreise und spreche Ihnen mein ehrliches Beileid zum Verlust Ihres Bruders aus."

Frau Nemec sah ihn lange an und erwiderte: „Und mir tut aufrichtig leid, was er Ihnen alles angetan hat." Drehte sich um und ließ Johann stehen.

Johann wusste, sie hatte verstanden. Und er, er konnte endlich damit abschließen. Wenigstens im Hier und Jetzt. Was ihm die Albträume noch bereithielten, das unterlag nicht seinem Einfluss.

***

„Guten Tag, Frau Bitter!"

„Guten Tag!" Vorsichtig ging Frau Bitter die paar Stufen hinunter. Johann sah, dass sie nicht richtig geräumt waren. Lediglich einige Körner Split lagen auf dem festgetretenen Schnee.

„Erkennen Sie mich vielleicht wieder?" – fragte Johann, als sie bis zum Hoftor durch den Schnee vorgedrungen war.

„Ja, Sie kommen mir bekannt vor", antwortete sie etwas unsicher und prüfte genau sein Gesicht.

„Mein Name ist Johann Maurer. Entschuldigen Sie bitte, dass ich Sie störe! Ich hoffe, ich komme nicht ungelegen", beeilte er sich mit seiner Auskunft. Er wollte die alte Dame nicht in Verlegenheit bringen. „Ich bin der Kriminalkommissar, der Sie im Juni zu diesem Herrn Lederer befragt hat, nachdem wir ihn in ihrem Haus verpasst hatten", ergänzte Johann.

„Ach ja", erwiderte sie immer noch etwas unsicher. „Ja, ja, kommen Sie nur herein!" Sie sperrte auf, drehte sich um und begann, langsam den Weg zurückzutrippeln.

„Moment mal!" – rief ihr Johann hinterher. Er schloss das Tor hinter sich und beeilte sich, neben Frau Bitter zu treten. „Darf ich Sie stützen, gnäd'ge Frau? Es ist so glatt hier draußen."

„Sehr nett, danke", erwiderte sie und hängte sich unter Johanns Arm ein.

In der Wohnung bot sie ihm einen Tee an, was Johann dankend annahm. Im Wohnzimmer knisterte das Holz im Ofen, offenbar hatte Frau Bitter ihn gerade erst angezündet. Es war noch relativ kalt und Johann sah sofort, dass kein Brennholz neben dem Ofen lag und offenbar nur wenig Holz im Ofen brannte.

„Habe im *Kurier* alles darüber gelesen, wie Sie diesen Serienmörder gefasst und Gott sei Dank aus dem Verkehr gezogen haben", begann Frau Bitter. „Sie sind Herr Maurer, sagen Sie? Dann sind Sie es, der vom Mörder sogar zwei Mal verletzt wurde?" – fragte sie und schien sich jetzt genauer zu erinnern. „Ich weiß noch, als ich darüber las, sagte ich mir, hoffentlich ist es nicht der junge Mann, der mit mir damals gesprochen hat. Na dann bin ich ja froh, dass es Ihnen wieder gutgeht, Herr Maurer!"

„Danke sehr", gab Johann artig zurück.

„Ich muss Ihnen sagen, seit jenem Vorfall bin ich ängstlicher geworden. Normalerweise lasse ich keine Fremden mehr rein. Sie habe ich ja erkannt", behauptete sie zu Johanns Amüsement. „Außerdem habe ich seitdem Albträume. Wenn ich mir vorstelle, wen dieser Mann alles umgebracht hat! Dann habe ich wohl Glück gehabt!"

„Ja, Sie haben wirklich Glück gehabt. Aber haben damals auch die völlig richtige Entscheidung getroffen, aus dem Haus zu fliehen, als Ihnen bewusst wurde, wen Sie in Logis hatten", fügte Johann hinzu.

Eine kleine Pause ergab sich und Johann merkte, dass sie sich wohl langsam fragte, weshalb er da war. Deshalb wechselte er das Thema und mit Blick auf den Ofen, in dem nur noch zwei, drei Scheite glühten, fragte er:

„Sie haben doch bestimmt draußen noch Brennholz gelagert. Soll ich etwas reinholen? Oder muss ich es vorher noch kleinhacken?" – setzte er in spaßigem Ton hinzu.

„Keine schlechte Idee … Ich meine das Holzhacken", ließ sie sich auf den Spaß ein.

„Und glatt ist es auch noch", ergänzte Johann. „Wissen Sie was?" – fügte er an. „Wir machen jetzt Nägel mit Köpfen! Ich hole das Holz und dann räume ich den Weg zum Tor und zum Hinterhaus vom Schnee. Was halten Sie davon?"

„Sehr viel, Herr Maurer, danke! Und ich mache Ihnen in der Zwischenzeit eine heiße Suppe."

Als die Arbeit erledigt war, konnte Johann die Suppe gut gebrauchen. Es war kalt an diesem Dezemberwochenende, knapp zwei Wochen vor Weihnachten. Er löffelte die Suppe genüsslich, als Frau Bitter nicht ganz überraschend fragte:

„Sagen Sie mal, Herr Maurer, weshalb sind Sie eigentlich hier. Doch nicht nur, um Schnee zu räumen und mich mit Brennholz zu versorgen, oder?"

„Und wenn das so wäre?" – erwiderte Johann lächelnd.

„Würde ich Ihnen nicht glauben", gab Frau Bitter ebenfalls lächelnd zurück.

„Sie haben natürlich Recht. Verzeihen Sie mir, dass ich damit solange gewartet habe! Die Wahrheit ist: Wir sind miteinander verwandt", fiel Johann jetzt doch mit der Tür ins Haus.

„Sie machen Witze, oder?"

„Nein, Frau Bitter, das würde ich mir nicht erlauben. – Um genau zu sein, sind wir nur entfernt verwandt miteinander. Ihre Cousine war die Tante meiner Mutter, das heißt die Schwester meiner Großmutter. Sie sind in gewisser Hinsicht meine Großtante, sozusagen."

„Das ist aber eine Überraschung! Ich wusste nicht, dass ich Verwandte in Österreich habe! Das heißt, ich habe einen ebenfalls entfernten Neffen von Seiten der Familie meines Mannes. Aber ich kenne ihn kaum, habe ihn ewig nicht gesehen. Würde ihn auch nicht wiedererkennen. Weiß auch nicht, ob er den Krieg überhaupt überlebt hat."

„Nun, die Verwandten, die ich meine, leben nicht in Österreich, sondern in Siebenbürgen."

„Siebenbürgen?" … Frau Bitter lehnte sich zurück und blickte auf die Wand hinter Johann. Er bemerkte das und drehte sich um. Dort hing ein mit Kreuzstich gesticktes Tuch, aufgezogen auf einen Bilderrahmen. Der Umriss einer Kirche war zu sehen und darunter ein Spruch:
Ein' feste Burg ist unser Gott.

„Das ist alles, was ich von zu Hause noch habe. Ich stamme aus Agnetheln. Das ist eine Gemeinde nicht weit weg von Schäßburg."

„Ich kenne Agnetheln", warf Johann ein. „Wie sind Sie denn nach Wien gelangt?"

„Oh, das ist eine lange Geschichte" … Sie sah Johann an und begann sich zu erinnern …

„Na, wie war die Begegnung mit der Tante?" – fragte Johanna, als Johann in die Wohnung eintrat. Da das Verwandtschaftsverhältnis zu Frau Bitter sehr entfernt war, hatten sie sich bei ihrer Erwähnung das Wort „Tante" angewöhnt.

„Gut, gut, ganz gut", erwiderte Johann, während er den Mantel ablegte und die Galoschen von seinen Schuhen abzog.

„Na dann erzähl mal!" – wollte Johanna offensichtlich alles erfahren.

„Weißt du was? Mach mir doch bitte einen Tee und dann erzähl' ich dir alles." Johann setzte sich an den Küchentisch und beobachtete sie. Sie hatte so eine ruhige Art, alles zu erledigen. Ihre Bewegungen wirkten regelrecht elegant. Johann gefiel das. Überhaupt gefiel ihm alles an ihr. Er hätte sie am liebsten gepackt und ins Schlafzimmer geküsst. Das Schönste war, dass sie niemals etwas dagegen hatte. Vor etwa eineinhalb Monaten hatte sie sich eine Grippe eingehandelt und musste wegen einer Lungenentzündung für eine Woche ins Krankenhaus. Als er sie eines Nachmittags besuchte, waren sie sich schnell einig, aus dem Krankenhaus flugs mal einen Abstecher ins heimische Schlafzimmer zu machen. Die Lungenentzündung war für Johanna kein Hemmnis gewesen.

„Bitte sehr", servierte sie ihm den Tee. Als sie ihm in die Augen schaute, wusste sie, was er gerade dachte. „Jetzt will ich erst einmal alles hören und dann schau'n wir weiter", fügte sie vielsagend hinzu. Die Art wie sie ihn ansah, barg ein Versprechen in sich.

Johann beherrschte sich, drehte sich zum Küchenschrank um und holte die Schnapsflasche hervor. „Bin heute nicht im Dienst", sagte er beiläufig und goss sich einen guten Schluck in den Tee. Am Wochenende war das sein beliebter Trank. Auch zum Frühstück.

„Frau Bitter stammt aus Agnetheln in Siebenbürgen. Das ist eine große Gemeinde etwa eine Tagesfahrt mit dem Fuhrwagen von Schäßburg entfernt. Geboren wurde sie dort 1874. Mit zwanzig Jahren fuhr sie im Rahmen ihrer Ausbildung als Sprachlehrerin nach Budapest, um ihr Ungarisch zu verfeinern. Damals gehörte ja Siebenbürgen zu Österreich-Ungarn und solche Reisen waren nicht ungewöhnlich. Sie kam niemals zurück nach Hause. Hatte sich unsterblich verliebt und folgte gleich dem Mann ihrer Träume in dessen Heimat nach Wien. Dort brachte sie nach einem Jahr ihren ersten Sohn zur Welt und nach weiteren zwei Jahren ihren zweiten. Beide

Söhne fielen im ersten Weltkrieg und ihr Mann starb nach schwerer Krankheit 1921. Seitdem lebt sie allein in diesem Haus oben auf der Baumgartner Höhe. Sie erzählte, es sei früher ein richtiges kleines Schmuckstück gewesen. Jetzt verfällt es zusehends und sie hat nicht die Mittel dazu, es instand zu setzen."

Johann legte eine Pause ein und schlürfte genüsslich von seinem „gespritzten" Tee.

„Käthe scheint also richtig recherchiert zu haben, nicht wahr?"

„Ja, glaub' ich auch", erwiderte Johann. „Ich erinnere mich, dass unsere Mutter von Verwandten in Agnetheln sprach."

„Und wie hat die Tante auf dich reagiert? War sie froh darüber, einen entfernten Verwandten zu treffen, oder eher zurückhaltend?"

„Ich glaube, sie war sehr angetan. Vor allem, weil Erinnerungen aus Siebenbürgen in ihr hochkamen. Sie hat in Österreich sonst keine Verwandten mehr außer einem Neffen, von dem sie seit Jahrzehnten nichts mehr gehört hat. Deshalb macht sie sich auch große Sorgen darüber, was eines Tages aus ihrem Haus wird."

„Kämst du als Erbe nicht auch in Frage?" – formulierte Johanna etwas, worüber Johann selbst auf dem Weg nach Hause schon nachgedacht hatte.

„Ja, vielleicht. Darüber haben wir natürlich nicht gesprochen. Aber sie hat nichts dagegen, wenn ich im nächsten Frühjahr anfange, gewisse Reparaturen am Haus vorzunehmen. Das Dach muss dringend geflickt und die Holzverschalung der Außenwände muss gestrichen werden.

„Das klingt aber nach arbeitsreichen Wochenenden im nächsten Jahr", schlussfolgerte Johanna nicht gerade begeistert.

„Wenn wir dieses schöne Häuschen haben wollen, dann muss ich auch etwas dafür tun. Umsonst gibt es nichts im Leben."

„Bist du dir da sicher, dass wir, auch wenn noch nicht absehbar ist wann, einmal in diesem Haus wohnen wollen? In dem Haus, in dem der Mann gehaust hat, der dir nach dem Leben getrachtet hat? Was ist, wenn sein Geist dort spukt?" – gab Johanna ernsthaft zu bedenken.

„Wenn, dann spukt ein Geist dort, wo er gestorben ist. Meinetwegen am Donaukanal. Das wäre näher an unserer Wohnung hier als an dem Haus dort", gab er nicht minder ernst zurück.

Johanna trat hinter Johann, umschlang seinen Hals liebevoll und flüsterte ihm ins Ohr: „Und … was machen wir nun?"

* Epilog *

„Das sind sie, oder?" – sagte Johanna. Johann antwortete
nicht. Er wusste, dass sie das waren und Johanna wusste
es im Grunde auch. Eine Gruppe von mehreren Erwach-
senen und zwei Kindern warteten auf der Landstraße, die
parallel zum Dorf verlief. Lediglich die Eisenbahngleise
schoben sich dazwischen. Johann war aufgeregt. Ein
Knoten im Hals hinderte ihn daran, irgendetwas zu sagen.
Je näher er der Menschengruppe kam, desto stärker stiegen die Emotionen in ihm hoch. Ihr Anblick verdrängte
auch die erste Reaktion als Fahrer: Wie konnten sie so
ungeschützt auf der Landstraße stehen? Aber der Verkehr
war hier nicht vergleichbar mit dem in Österreich. Man
traf mehr Fuhrwägen an als Autos. Letztere jedoch fuhren relativ schnell und zuweilen rücksichtslos. So empfand er es zumindest in der kurzen Zeit, die die Reise in
diesem Land bisher gedauert hatte.

Man hätte schon am westlichen Ende über die be-
schrankten Gleise in das Dorf hineinfahren können, aber
die Straße war dort nicht geteert und in einem schlechten
Zustand. Johann wurde davor gewarnt. Tiefe Löcher
konnten bei einem kleinen Pkw, wie er ihn fuhr, Schäden
verursachen. Aus Sicht derer natürlich, die das Auto zum
ersten Mal sahen, war „klein" kein relevantes Merkmal.
Und jeder, an dem das Auto vorbeifuhr, sah es zum ersten Mal. Die Form erinnerte an ein großes Ei, das mit
dem stumpfen Ende voran fuhr. Der langgezogene Teil
beherbergte hinten den Motor. Das war aber auch die
einzige entfernte Ähnlichkeit mit einem Käfer. Es war ein
Steyr-Fiat 600 Multipla, der sich vom regulären Fiat 600
außer in der Form darin unterschied, dass er sechs Plätze

auf drei Reihen verteilt hatte. Das bot genügend Raum für das üppige Gepäck, das sie mitgebracht hatten.

Langsam näherte sich das Fahrzeug der Gruppe. Johann hielt an, stieg aus und eine seltsame Spannung entstand. Als ob sie sich nicht trauen würden, bewegte sich niemand auf ihn zu. Er sah und erkannte seine Schwestern natürlich. Aber 20 Jahre sind eine lange Zeit. Zwei von ihnen, es mussten Erna und Käthe sein, wischten sich mit einem Taschentuch die Tränen aus den Augen. Lissi weinte auch, sie hielt ihre einjährige Tochter Brigitte auf dem Arm, die etwas verwundert die schluchzenden Frauen um sich beobachtete. Die Männer hielten sich etwas im Hintergrund. Johann erkannte Lissis Mann Georg, denn er hatte von der Familie ein Foto erhalten. Der kleine Hannes, der noch keine sieben Jahre alt war, hatte nur Augen für das Auto, das ihn offenbar faszinierte. Der große Mann, der ihnen entgegenkam, interessierte ihn vorerst nicht.

Es war das Jahr 1960. Die Vorbereitungen für die Reise währten im Grunde fast ein Jahr lang. Eigentlich wollten sie schon im Jahr davor fahren, aber das Einreisevisum nach Rumänien ließ auf sich warten. Viel Papierkram und viel Bürokratie waren zu diesem Zweck zu erledigen gewesen. Man hatte das Gefühl, dass sich die Rumänen nicht sicher waren, ob sie einen Österreicher, der in Siebenbürgen geboren war, einreisen lassen sollten. Unter anderem musste Johann eine Erklärung abgeben, dass er im Krieg für keine Kriegsverbrechen verantwortlich gewesen ist. Welcher Einheit er zugehört hatte, wo er im Einsatz war. Dabei hatte die rumänische Armee lange

Zeit auf Seiten der Deutschen gekämpft. Johann hatte den Eindruck, dass sie das vergessen hatten.

Aber die Aussicht, die Heimat und die Geschwister endlich wiederzusehen, war grundsätzlich vorhanden. Der einzige gewichtige Nachteil, den die lange Wartezeit letzten Endes hatte, war, wenn man so wollte, die Ansammlung der Mitbringsel, sodass Johann irgendwann nicht mehr wusste, ob das ganze Gepäck ins Auto passen würde.

Das Auto ... ja, das Auto. 1958 hatte er es sich endlich geleistet. Die Steyr-Fiats 600 waren in Österreich mittlerweile fast so beliebt wie die Käfer, vor allem das Multipla-Modell, das bis zu sechs Personen kutschieren konnte, was für kinderreiche Familien oder große Verwandtschaften vorteilhaft war. Johann aber hatte sich dafür entschieden, weil er nach Herausnahme der hinteren Sitzreihen viel damit transportieren konnte. Er war nämlich immer noch dabei, Frau Bitters Häuschen zu renovieren. Die Arbeit hörte nicht auf, aber Johann hatte eine entscheidende Motivation: Nach langwierigen Gesprächen – Johann erkannte, dass es der „Tante" schwerfiel, das Häuschen aus der Hand zu geben – hatte sich Frau Bitter durchgerungen, Johann und seiner Ehefrau das Haus notariell zu vermachen. Dafür hatten sich die Maurers verpflichtet, Frau Bitters Pflegekosten zu übernehmen. Den Betrag jedenfalls, der ihre Rente übertraf und die Krankenversicherung nicht übernehmen würde. Allerdings hielt sich Frau Bitter trotz ihrer Altersschwäche tapfer in ihrem Häuschen. Wenn er nicht gerade an dem Haus arbeitete, begleitete Johann sie auf kurzen Spaziergängen, die ihr sichtlich guttaten. Johanna kochte ab und zu etwas für die alte Dame, die mit der Situation insgesamt sehr zufrieden war.

Im Sommer 1956 hatte Johann sein Aspirantentum im Kommissariat Landgraben beendet und war nun dem Kollegen Koller gleichgestellt. Baumgartner hatte ihm zu verstehen gegeben, dass, wenn er selbst in zwei Jahren mit sechzig in Pension gehen würde, für Johann gute Chancen bestünden, Chefinspektor zu werden. Koller hatte schon angedeutet, dass er dieses Amt nicht anstrebte. Er hatte endlich eine Frau kennengelernt, als er nach seiner Verletzung am Donaukanal seinem Bruder in Linz einen Gegenbesuch erstattete. Sie war Krankenschwester in einem Linzer Krankenhaus. In Linz könne er seinem Beruf als Kommissar auch nachgehen, verkündete er, was er ab dem Jahr auch tat.

So gab es für Johann kein Halten mehr, nachdem sein Chef in Pension gegangen war und Koller nach Linz. Endlich konnte und durfte er sich seiner Position entsprechend ein Auto anschaffen. Als Chefinspektor stand ihm das zu. Baumgartner hatte seinen Einfluss geltend gemacht und erreicht, dass Johann keinen Konkurrenten für den Chefposten bekam, sondern einen Inspektoraspiranten, dem gut einfache Fälle und Recherchen zugewiesen werden konnten.

Im selben Jahr heiratete er Johanna. Nachdem er das Auto gekauft hatte. Johanna nahm ihm diese Reihenfolge nicht übel. Immerhin konnten sie mit dem Auto eine wundervolle Hochzeitsreise durch das Gölsental machen. Das waldreiche Gebiet südlich des Wienerwaldes lud zu langen Spaziergängen ein, bei denen Johann einer seiner wiederentdeckten Lieblingsbeschäftigungen nachgehen konnte: Steinpilze sammeln.

Die Reise in die alte Heimat war die längste Fahrt, die Johann mit seinem Auto bis dahin getätigt hatte. Sie musste deshalb gut geplant sein. Glücklicherweise bekam er von seinem Schwager den Tipp, welches Hotel er auf dem Weg ansteuern konnte. Da die 800 Kilometer auf einmal nicht zu bewältigen waren, übernachteten sie auf rumänischem Gebiet gleich hinter der ungarischen Grenze in Oradea. Von dort aus waren es noch etwa 300 Kilometer bis Weißkirch.

Und jetzt waren sie angekommen. In seiner alten Heimat. Die Bahngleise versperrten die Sicht zum Dorf beziehungsweise zu den Gärten, die nach Süden gerichtet waren. Johann spürte aber – soweit konnte er sich hier wieder orientieren – dass sie sich auf Höhe des Elternhauses befanden. Es war ein überwältigendes Gefühl!

Als er vor der Gruppe stand, brachen alle Dämme. Die Schwestern stürzten auf ihn zu und umarmten ihn. Lissi drängte sich auch in die Umarmung, was Brigitte zu weit ging und deshalb zu weinen anfing. Das allerdings löste die vorhandene Spannung etwas auf und in der kurzen Zeit, in der alle dem Kleinkind die Beachtung schenkten, fanden sie ihre Sprache wieder:

„Du bist halt ein Fremder für sie", waren die ersten Worte, die Johann nach 20 Jahren von seinen nächsten Verwandten hörte. Lissi sagte es natürlich entschuldigend aus einer leichten Verlegenheit heraus.

„Ich hoffe, das ändert sich bald", erwiderte Johann aufmunternd. Auch diese Bemerkung hatte unter den gegebenen Umständen ihren tieferen Sinn.

Danach entspannte sich die Stimmung zusehends und kaum bemerkt, gesellte sich Johanna dazu.

„Darf ich euch meine Frau vorstellen?" Johann trat einen kleinen Schritt zurück und schob sie ganz sanft nach vorne. Erneut setzte eine Spannung ein. Es war aber nichts weiter als das Ergebnis der Bewunderung, die Johanna mit ihrer eleganten Erscheinung hervorrief.

„Guten Tag allseits! Es freut mich, euch kennenzulernen! Hoffentlich habt ihr nichts dagegen, dass ich euch duze."

„Nein, nein", ertönte unisono aus der Gruppe und jetzt war der Bann endgültig gebrochen. Alle reichten ihr die Hand und die drei Schwestern holten nach, woran sie in der ersten Aufregung nicht gedacht hatten: Sie stellten ihre Männer vor. Käthe hatte vor kurzem ebenfalls geheiratet. Ihr Mann war Berufschauffeur und natürlich sofort hochinteressiert an Johanns Auto. Élek stand etwas schüchtern abseits, aber Johann brach auch hier den Bann, indem er ihn auf Ungarisch ansprach:

„Jó napot, Élek, hogy vagy?" *"Guten Tag, Élek, wie geht es dir"?*

Élek lächelte ihn sofort an, was seinem grundlegenden Naturell ohnehin entsprach – Witz und Humor bestimmten seinen Alltag.

In den darauffolgenden Jahren besuchte Johann immer wieder seine alte Heimat, lange Zeit sogar jährlich. Es war die verspätete Rückkehr, eine Rückkehr, die ihm seinerzeit durch die Nachkriegswirren nicht gegönnt war. Jetzt konnte er mit dem Schicksal Frieden schließen. Seine alte Heimat war ihm wieder zugänglich. Denn auch wenn er in Wien eine neue gefunden hatte, plagte ihn ein gewisses

Heimweh sein Leben lang. Johanna verstand das und begleitete ihn viele Jahre auf seinen Heimatreisen.

Unmittelbar nach Johanns erster Reise nach Siebenbürgen verstarb Frau Bitter nach kurzer schwerer Krankheit. Überraschenderweise meldete der „verschollene" Neffe seinen Erbanspruch auf das Häuschen am Rande Wiens an. Im Zuge einer gerichtlichen Verhandlung einigten sich die Parteien auf eine Ausgleichszahlung der Maurers. Daraufhin zogen diese in ihre „Sommerresidenz" ein. Im Winter würden sie in der Stadtwohnung verbleiben.

Daran, dass vor Jahren ein Serienmörder im „Gartenhaus", wie es fortan hieß, gewohnt hatte, dachten die Maurers nicht mehr.